우리의 이방인들

OUR STRANGERS
Copyright © 2023 by Lydia Davis
All rights reserved
Korean translation rights arranged with
Denise Shannon Literary Agency, Inc.
through Danny Hong Agency

이 책의 한국어판 저작권은 대니홍 에이전시를 통한
저작권사와의 독점 계약으로 봄날의책에 있습니다.
신저작권법에 의해 한국 내에서 보호를 받는 저작물이므로
무단전재와 복제를 금합니다.

우리의 이방인들
Our Strangers

리디아 데이비스 지음
강경이 옮김

봄날의책

차례

I

- 15 내 서류 가방
- 16 묵인 아래
- 18 조금만
- 19 여자 됨의 단계들
- 21 오래전 짧은 뉴스
- 22 가벼운 입이 무서워
- 23 캐러멜 드리즐
- 25 강연 예술가
- 26 다른 그녀
- 27 누구나 울었다
- 30 아빠는 내게 할 말이 있다
- 31 오래전 어느 순간 떠돌이 사진가
- 32 명성의 이유 #2 카를 마르크스와 우리 아빠
- 33 농담
- 35 나이 듦에 대한 두려움
- 36 애디와 칠리
- 47 분노발작
- 48 명성의 이유 #7 앨프리드 J. 에이어
- 49 젊은 주부

50	여기 시골에서는
54	알
55	어느 번역가의 오후
57	지난밤 영화관에서
58	피서지의 일요일 밤
59	어떤 가설

II

63	단체 공지 불필요한 중복 표현의 사례
64	눈 내리는 시골의 겨울 오후, 시끌벅적한 파티에서 오간 대화
66	가구의 한 유형과 관련한 글쓰기 수업 과제
67	이타카의 어느 호텔 방에서
68	열차에서 일어난 사건
74	아버지에게 쓰는 편지
75	눈 내리는 시골의 겨울 오후, 시끌벅적한 파티에서 오간 대화(짧은 버전)
76	프랑스 민주주의, 1884년
77	명성의 이유 #8 디트로이트 가는 길에
78	영국
79	콜로니얼 윌리엄스버그 역사 마을의 범죄행위
80	호텔 라운지의 대화
81	명성의 이유 #9 디트로이트에서
82	친구가 더 좋은 장바구니 수레를 빌려 가다
83	안식일 이야기 #1 전기 차단기

84   포스터에 관해 우체국에 보내는 편지
87   성숙한 여인이 또 다른 성숙한 여인과 점심을 먹으면서
      논의한 레인코트 문제의 결론 부분
88   안식일 이야기 #2 민얀
89   우리의 관계망
90   윌리엄 코빗과 이방인
91   명성의 이유 #3 준 해벅
92   관점의 문제
93   건축 장인
94   적들
96   외로운 (통조림 햄)
97   그 불쾌한 남자
100   아쉬워하는 독신자
101   동네의 늙은 남자들
109   결혼 생활의 짜증 나는 순간 코코넛
110   일요일 오전 남쪽으로 가는 길에(그들이 생각하기에)
113   명성의 이유 #1 에즈라 파운드

III

117   한 여자가 자동차 경주장 주인을 찾아가다
118   노화
119   우리의 이방인들
135   식전 대화
136   아버지 물에 들어가시다
137   열차간의 짜증스러운 학자

140	풍경 속의 우연한 만남
141	배신(피곤한 버전)
142	버라이즌 통신사 상담원과 나눈 전화 상담의 결말
143	러그 이야기에 관한 설명
144	개미
148	그람시
149	불쑥 끼어들어 죄송해요
172	운전대 위의 손들
173	헤드라이트 속의 헤론
176	결혼 생활의 짜증 나는 순간 보험
177	결혼 생활의 짜증 나는 순간 웅얼거림
178	아직은 링 라드너가 아닌
180	스타방에르 가는 기차에서
183	얼마나 슬픈가?
184	주름
185	한 어머니의 헌신

IV

189	어느 겨울 오후에
190	흥미로운 사적 채소들
191	두 잔째
192	「흥미로운 사적 채소들」에 대한 해설
194	명성의 이유 #4 샐리 볼스
195	누군가 지의류에 대해 내게 물었다
203	스펠링 문제

205	팸플릿에서 이방인이 물은 선다형 질문
206	그녀의 이기심
207	삼총사
209	이웃의 시선
210	헬렌의 아버지와 그의 틀니
211	재미
212	연구
213	실은
214	작아진 기분
215	되풀이되는 순무 문제
216	노래하는 법 배우기
230	하지만 그건 집짓기의 첫 단계인걸요
231	두 시장과 한 단어
232	내 삶의 새것들
235	얘기할 게 별로 없음
236	늦은 오후
237	아버지 팔 걱정
238	기회주의적 홀씨
239	우리의 젊은 이웃과 그의 파란색 작은 차
241	시끄러운 두 여자
242	겨울 편지
265	카루소
266	펄과 펄린
268	직접 키운 순무로 얻을 수 있었던 것
271	잡지 권하는 여자
273	결혼 생활의 짜증 나는 순간 저녁 식사
274	결혼 생활의 짜증 나는 순간 추론

275 불행한 크리스마스트리
277 독일어 실력 키우기

V

281 인사 시
282 두 소년 이야기
285 명성의 이유 #5 렉스 돌미스
286 끝내지 못한 일
287 리타 헤지스의 분실물(개인 공지)
288 페터 빅셀을 읽은 뒤
306 명성의 이유 #6 테오도리크
308 기차에서 우연히 들린 대화 두 노년 여성의 의견이 일치하다
309 추가 수정 사항
310 후 기브스 어 크*** 귀중
312 열차간의 재채기들
313 그의 (몇 가지) 음주 습관
314 노년의 관심사
315 꿈속의 사람들
320 여름 오후의 소리들
321 세 개의 죽음과 하나의 속담
322 진짜 사실
323 결혼식
327 그녀에게 연락하려고
328 저녁 식사 시간의 두 술꾼
329 못생겼나?

330	내가 이해하는 것
331	세월에 따른 그의 변화
342	지혜로운 노인
343	이색 장식
344	비상 대비
345	왼손
348	밤늦도록 깨어
349	오늘의 음악
350	우리가 죽어 떠났을 때
351	감사의 글
355	옮긴이의 말

I

내 서류 가방

물론, 그들이 다음 학기에 강의하도록 나를 재임용한 것은 내 서류 가방 때문이었다. 그들은 내 서류 가방이 너무나 서류 가방같이 생겨서 감명받았다.

나는 내 서류 가방을 들고 복도를 걸어가는 법도 알았다. 내 사무실 문을 열고 안으로 들어갈 수 있었다. 사무실에는 바퀴 달린 회전의자가 있었다. 나는 면담 시간이 되면 사무실 문을 열어놓았고, 면담 시간이 끝나는 순간 굳게 닫았다. 학과 조교는 내가 부탁하는 일은 무엇이든 합당한 범위 안에서 해주었다. 나는 조교에게 무엇을 부탁할지 신중히 정했다. 나는 조교를 대할 때 사무적이고 무심했지만 늘 정중한 미소를 지었다. 굵은 글씨로 내 이름이 표시된 내 우편함이 시계 밑에 있었다. 나는 복도에서 학생을 만나면 적절한 표정으로, 조금 멍하고 다른 일에 정신이 팔린 표정으로 이야기했지만 내 대답은 늘 분명하고 단호했다.

묵인 아래

고양이가 말한다. "나는 그냥 묵인 아래 여기 있는 거야." 개가 무슨 말인지 이해하지 못하므로 고양이는 **묵인**의 뜻을 설명한다. 묵인은 일종의 관용과 관련 있다. 간접적일 뿐인 허용, 마지못한 허용과 관련 있다. 고양이는 **암묵적**이라는 단어를 사용한다. 개는 **암묵적**을 이해하지 못한다. 고양이는 포기한다. 그녀는 아무튼 그가 상황을 알리라 생각한다.

고양이는 그들이 개는 사랑하고 자기는 그냥 참아줄 뿐이라는 것을 안다. 그들이 앞문으로 들어오며 개와 인사할 때에는 진짜 열광적이다. 개가 그들에게 뛰어오를 때에는 너무 거칠어지기 때문에 그녀는 멀찍이 뒤에 앉아 지켜본다. 그들은 뒤에 있는 그녀를 보고는 "야옹아, 안녕!"이라고 말하지만 그다지 온기는 없다. 개는 그녀보다 감정 표현력이 좋다. 그는 **표현력**을 발휘하지만 그 단어는 이해하지 못할 것이다.(**발휘**라는 단어도 이해하지 못할 것이다.)

나중에 고양이는 부엌에서 그녀 밑에 서서 그녀를 바라보며 코를 허공에 킁킁대는 개에게 말한다. "이제 그녀는 부엌을 나갔고 나는 그녀의 치킨 샌드위치를 코앞에 두고 이렇게 앉아 있어. 그래서 중압감을 느껴." 그녀는 앞발을 뻗어 샌드위치를 건드리지만 마음이 편치 않다.

개는 그녀를 좋아하고 그녀에게 관심이 있다. 그는 **중압감**이라는 단어를 모르기는 하지만, 그 치킨 샌드위치와 가까이 있어도 중압감을 느끼지는 않을 것이다.

그리고 나서 고양이는 자신의 침샘에 문제가 생겨 입을 열었다 닫았다 할 수밖에 없는 상황들이 있다고 말한다.

나중에 고양이는 빗자루를 다시 물어뜯고 있다.

개는 그녀가 왜 그러는지 이해할 수 없다.

고양이가 말한다. "그녀는 내가 빗자루를 물어뜯는다고 혼을 내. 그녀가 빗자루를 밖에 놔두면 그게 내 눈에 보여. 그다음에 내가 빗자루를 물어뜯는 게 그녀에게 보이고, 그녀가 와서 냉장고와 벽 사이 틈새에 빗자루를 넣어버리는데, 거기는 아무리 애써도 내가 물어뜯을 수 없는 곳이야. 그래서 내가 물어뜯을 수 있음 직한 곳에 빗자루가 있을 때마다 물어뜯는 거야."

개는 그녀가 늘어놓는 이 모든 설명을 듣는다. 햇살이 마룻바닥을 건너가는 동안, 어떨 땐 오전 내내 그가 하는 일인 햇살 속에서 졸다 깨다 하는 일과는 다른 기분 전환이 되긴 한다.

조금만

프랑스 영화감독 아녜스 바르다는
한 인터뷰에서
바느질을 조금 하고, 요리를 조금 하고, 정원 가꾸기를 조금 하고,
아이 돌보기를 조금 하길 좋아한다고,
하지만 조금만 하길 좋아한다고 말했다.

여자 됨의 단계들

내가 여자로서 내 성장기의 (뭐더라?) 일곱째, 아니 여섯째 단계, 이전에 끈질긴 중이염 때문에 상담했던(효과는 없던) 인지학 치료사에 따르면 내가 이미 1년이나 뒤처졌다는 그 단계를 마무리하려 한창 애쓰고 있던 요즘, 유독 잠을 이루지 못하던 어느 밤에, 나는 처음에는 아이 때문에, 다음에는 모기 때문에, 다시 아이 때문에, 다음에는 귓속의 간지러움 때문에, 다시 아이 때문에 깨다가 요란한 공습경보 때문에 또다시 잠이 깼는데, 처음에는 그 소리를 창문의 고장 난 환풍기 소리로 착각해서 집 안을 돌아다니며 환풍기를 하나씩 끄고 플러그를 뽑다가 결국 아래층으로 내려갔고, 뒷문으로 나가 사이렌 소리가 갑자기 꺼지고 뒤울림이 잦아들 때까지 하늘을 올려다보며 마당에 서 있었다. 우리 나라가 또다시 다른 나라와 갈등을 빚고 있었으므로 물론 나는 전쟁을 떠올렸다. 나를 괴롭히던 모기가 나보다 오래 살지도 모르겠다고 생각했다. 지역 경찰서에 전화를 걸어볼까도 생각했다. 귀마개를 끼고 자는 남편이 그 사이렌 소리를 들었는지 궁금했다. 그는 그 무렵 자꾸 잠을 설치는 나나 너무 자주 잠을 깨는 아이 때문에 방해받고 싶지 않아서 아래층에서 자고 있었다. 그 인지학 치료사는 다음 단계가 여성이 재생산력을 지니는 마지막 단계로서 창조적으로 매우 중요하다고 내게 말했다. 다음 단계 이후에 오는 단계는 매우 다르다고, 그 단계 역시 아주 근사하지만 매우 다르다고 치료사는 말했다. 그러나 나는 완전한 여성으로 성장한다는 이 단계도 아직 마무리하지 못했다. 내가 아는 한 올해 나는 작년과 재작년의 나와 똑같았다.

오래전 짧은 뉴스

오래전 저녁 뉴스에서 이런 이야기를 들었다. 신부와 신랑이 결혼식 밤에 친구들과 상당히 과음한 뒤 신부의 차에 올라 차를 몰고 떠났다. 어느 고가도로 근처 막다른 길에서 그들은 차를 멈췄고, 시동을 껐고, 큰 소리로 싸우기 시작했다. 싸움 소리가 가까운 집들에 들렸고 워낙 오랫동안 계속돼서 몇몇 이웃이 귀를 기울이기 시작했다. 잠시 뒤 신랑이 신부에게 소리쳤다. "좋아, 그렇다면 나를 쳐봐." 그때쯤 이웃들은 창밖을 구경하고도 있었다. 신랑은 차에서 나와 문을 쿵 닫고 조수석 쪽 앞바퀴 앞에 누웠다. 신부는 시동을 걸었고 1,800킬로그램짜리 차로 그 위를 달렸다. 신랑은 즉사했다. 두 사람이 결혼한 지 몇 시간 만이었다. 그는 죽을 때 여전히 예복을 입고 있었다.

가벼운 입이 무서워

론, 제발 점잖게 굴어, 그녀가 말한다.
햄버거 메리스 식당에서
일어났을 수도 있고 앉았을 수도 있는
그 어떤 일도 말하면 안 돼!

캐러멜 드리즐

"캐러멜 시럽으로 드려요, 캐러멜 드리즐로 드려요?"
"네?"
"캐러멜 시럽으로 드려요, 캐러멜 드리즐로 드려요?"
우연히 들려온 대화다. 나는 고개를 든다. 머리를 포니테일로 묶은 키 크고 날씬한 여성이 스타벅스 매장 주문대에서 음료를 주문하고 있다. 진청색 유니폼을 입고 있다. 우리는 공항에 있다. 그녀는 아마 승무원일 것이다.
고민하는 사이 긴 침묵. 그녀는 이런 선택은 처음 맞닥뜨렸다.
"드리즐로 주세요."

이제 저쪽에서 캐러멜 드리즐을 마시는 여자의 뒷모습, 포니테일로 묶은 금발과 삐죽 나온 두 귀가 보인다.
그녀가 주문대 앞에서 고민하는 동안 나는 드리즐이 시럽이 들어 있긴 해도 캐러멜 양이 시럽보다는 더 적은 것이라고 결론을 내린다.

나중에 그녀는 손에는 빈 컵을 들고, 배 속에는 캐러멜 드리즐을 넣고 또 다른 항공사 직원과 함께 나간다.

알고 보니 그녀는 내가 탄 비행기의 승무원이다. 이름은 섀넌이다. 그러니 섀넌의 캐러멜 드리즐도 우리와 함께 시카고로 갈 것이다.

강연 예술가

그의 문학 형식은 메모도 대본도 없는 실황 강연이다. 그가 강연을 하고 나면 그 강연들이 출판될 수도 있다. 나는 그가 필라델피아에서 했던 강연을 읽고 있다. 그의 말들이 종이 위에 있고 그 말들이 내게 들리지만, 나는 그라는 사람도 그의 목소리도 모른다. 나는 욕조에서 그의 강연을 읽고 있는데, 욕조가 아니라 해도, 글쓰기에 관심을 기울이는 누군가 쓴 것을, 특히 그 사람이 육성으로 전달했던 강연을 읽다 보면 어떤 친밀감을 느낄 것이다.

그 뒤에 나는 파티에 갔다가 그 강연 저자를 만난다. 그는 몇 사람 건너에서 몸을 기울여 나와 악수하면서 다른 쪽 손으로는 코르덴 재킷의 양쪽 옷깃을 꼭 붙들며 파티에 막 도착한 사람의 상냥함이 담긴 미소를 짓지만 말은 없다. 그가 말이 없고, 저녁 내내 나는 그의 말이 들리는 거리에 있지 않고 그가 말하는 것도 보지 못했으니, 그날 저녁 파티에 있는 동안 그는 내게 계속 말 없는 사람이다. 그러나 집에 오니 내가 읽던 책이 여전히 펼쳐진 채 욕조 테두리에 걸쳐져 있고 그 속에는 내가 직접 만난 사람보다 조금 덜 상냥하고 조금 더 진지한 그 사람이 쉼 없이, 대단히 길게 말을 하고 있다.

다른 그녀

집의 다른 부분에서, 자신이 있는 곳에서 그녀는, 멀리 침실에 있는 그가 부드럽고 가정적이고 사려 깊은 어조로 그녀에게 말을 거는 소리를 듣는다. 그는 그녀가 침실에 없다는 것을 모른다.

그리고 한순간 그녀는 또 다른 그녀가, 어쩌면 더 나은 그녀가 그와 함께 있고, 그녀 자신은 추방된 그녀, 멸시받는 그녀가 되어 두 사람이 좋은 무언가를 함께하고 있는 방에서 멀리 떨어져 복도 끝에 있다고 느낀다.

누구나 울었다

이 세상을 살아가기는 쉽지 않다. 누구나 뜻대로 되지 않는 작은 일 때문에 끊임없이 속이 상한다. 누군가는 친구에게 모욕당하고, 누군가는 가족에게 무시당하고, 누군가는 배우자나 10대 자녀와 심한 말다툼을 벌인다.

대체로 사람들은 불행할 때 운다. 당연한 일이다. 나는 젊을 때 잠깐 동안 한 사무실에서 일했다. 점심시간이 다가오면 사무실의 사람들은 배고프고 지치고 짜증 나서 울곤 했다. 상관은 내게 타자 칠 문서를 주려 했고, 나는 화를 내며 그 문서를 밀어내려 했다. 그는 내게 소리를 질렀다. "그거 타자로 쳐요!" 나도 소리를 질렀다. "안 할 거예요!" 그 자신도 전화에 대고 울화통을 터트리며 수화기를 쿵 내려놓기도 했다. 점심 먹으러 나갈 즈음이면 좌절의 눈물이 그의 두 뺨에 흘러내리곤 했다. 아는 사람이 그와 함께 점심을 먹으러 나가려고 사무실에 들르면, 그는 그 사람을 외면하며 등을 돌리기도 했다. 그러면 그 사람의 눈에도 눈물이 차올랐다.

점심 뒤, 사람들은 기분이 나아졌고, 사무실에는 평소처럼 부산한 웅성임이 가득했고, 사람들은 서류철을 들고 바삐 걸어 다녔고, 칸막이 사무실들에서는 웃음이 터졌고, 늦은 오후까지는 일이 잘 굴러갔다. 늦은 오후가 되면 모두 다시 피곤해졌고, 오전보다 훨씬 피곤한 데다 다시 배도 고파져서 또 울기 시작했다.
 대부분은 사무실을 나설 때까지 사실 계속 울었다. 엘리베이터에서 서로를 옆으로 밀쳤고, 지하철로 가는 길에 반대 방향에서 오는 사람들을 흘겨보기도 했다. 지하철 계단에서는 올라오는 군중을 헤집으며 힘겹게 내려갔다.
 때는 여름이었다. 그 시절에는 지하철 객차에 에어컨이 없었고, 우리 모두 빼곡히 포개지고 흔들리며 정거장에서 정거장으로 실려 가는 동안 눈물이 뺨을 적시고, 땀이 얼굴과 등, 다리로 흘러내렸으며, 여자들의 발은 꼭 끼는 구두 속에서 부어올랐다.
 몇몇 사람은 지하철을 탈 때에는 울고 있었지만 집으로 가는 동안에는, 특히 앉을 자리를 찾았다면 울음을 차츰 멈추곤 했다. 젖은 속눈썹을 깜박이며, 한가롭게 손가락 마디를 물어뜯으며 여전히 촉촉한 눈으로 신문과 책을 읽기 시작했다.
 그들은 아마 다음 날이 올 때까지는 다시 울지 않았을지 모른다. 나는 그들과 함께 있지 않았으므로 알지는 못하고 상상만 할 뿐이다. 사실 나는 집에서는 대체로 울지 않았다. 예외가 있다면, 저녁 시간에 식사가 매우 실망스럽거나 잘 시간이 다가오지만 잠자리에 들고 싶지 않아서였는데, 그건 다음 날 아침 일어나서 출근하고 싶지 않았기 때문이다. 그러나 어쩌면 다른 사람들은 집에서도 울었을지 모른다. 집에서 무엇을 느끼는지에 따라, 어쩌면 심지어 저녁 내내 울었을지 모른다.

아빠는 내게 할 말이 있다

아빠는 주방에 서서 기독교에 관한 무언가를 내게 설명하려 한다. 그러나 나는 또다시 긴 하루를 보냈고 피곤하다. 나는 듣지 않고, 아빠는 내가 듣지 않는 걸 알 수 있다. 나중에 아빠는 위층으로 올라가서 방금 내게 설명하려던 것을 쉽게 알려주는 두 문단짜리 글을 타자로 친다. 그것을 내게 들고 오기 전에 엄마에게 보여주고 엄마의 논평을 구한다. 나는 나중에 이 사실을 깨닫는데, 내 머리 위에서 엄마의 방으로 향하던 아빠의 발소리와, 아빠가 쓴 글을 엄마가 읽는 사이 흐르던 침묵, 그 뒤 두 사람이 수군거리는 소리가 들렸던 것이 기억났다. 아빠는 내가 있는 거실로 내려와서 타자로 친 글을 내게 건넨다. 물론 지금 당장 읽어야 하는 건 아니라고 말한다.

오래전 어느 순간
떠돌이 사진가

한 떠돌이 사진가가 카메라와 조명, 의자를 동네 슈퍼마켓에 설치했다. 여러 해 전이었다. 나는 그곳에 있었고 직접 보았다. 아주 작은 소녀가 의자에 앉아 있는데, 아기나 다름없다. 사진가는 소녀를 찍느라 애를 먹고 있다. 소녀는 웃으려 들지 않는다. 그를 근엄하게 관찰한다. 결국 절박해진 사진가는 주황색 기린을 집어 들고 한 걸음 다가가, 소녀의 얼굴 앞에서 미친 듯이 기린을 흔들어댄다. 그 모습에 소녀는 입을 활짝 벌리고, 두 개뿐인 아랫니를 내보이며 울음을 터뜨린다.

명성의 이유 #2
카를 마르크스와 우리 아빠

카를 마르크스와 우리 아빠 둘 다 딸이 있다. 두 딸 모두 커서 번역가가 됐다. 둘 다 귀스타브 플로베르의 『마담 보바리』를 번역했다.

농담

교회 신자인 고지식한 래리와 애브릴 니커보커 형제가 청구서를 주려고 우리 집에 들렀을 때, 나는 집 상태가, 그들이 현관으로 들어오면서 보게 될 주방과 거실 두 곳의 상태가 부끄러웠다. 옷과 장난감이 곳곳에 흩어져 있었고, 수납장 문에는 얼룩이 묻어 있었으며, 조리대와 싱크대에는 그릇들이 쌓여 있었고, 유아용 의자의 식판은 끈적였다. 내가 우리 가족 모두를 부양하려 애쓰며 할 수 있는 한 최선을 다해 집을 돌보는 피곤한 젊은 엄마라는 것은 변명이 될 수 없었다. 게다가 이제 아기 아빠와 별거를 이야기 중이라는 것도.

래리는 청구서에 무언가를 쓰기 위해 펜이 필요했다. 나는 식탁에 굴러다니던 펜을 그에게 건네고는 애브릴을 데리고 거실 천장을 보여주러 갔다.

나중에 형제가 떠난 뒤 나는 청구서를 들여다보았다. 이제 우리는 그 돈을 지불할 수 있다. 그 전에는 돈이라곤 예금계좌에 있는 42달러가 전부였는데, 그러다가 남편의 아버지가 갑자기, 예고 없이 사망했다. 시아버지는 독신자였고 조금 한량 같은 사람이었다. 남편이 뉴저지로 가 아버지의 캐딜락 자동차를 팔고 1만 달러짜리 수표를 들고 돌아왔다.

나는 형제가 나간 현관과 그들이 트럭을 주차했다 떠난 진입로를 내다봤다. 그리고 펜을 집어 들고 봤다.

펜에는 이런 농담이 찍혀 있었다. "파슬리와 여자의 다른 점은? 파슬리는 먹지 않는다."

나는 그때 아주 심하게 웃었다. 농담보다는 농담과 그 상황의 조합이 웃겼는데, 내가 너무 심하게 웃어대서 옆방에 있던 아기도 따라 웃기 시작했다.

우리는 아마 그 펜을 시아버지의 집을 치우다 들고 왔을 것이다.

하지만 나중에는 이런 생각이 들었다. 다른 사람들은 어떨지 몰라도 사실 우리는 파슬리를 먹는걸.

나이 듦에 대한 두려움

스물여덟 살이 되자
그녀는 스물다섯으로 돌아가고픈 생각이 간절하다.

애디와 칠리

오래전 엘리가 내게 우리의 친구 애디와 칠리 이야기를 써 달라고 했다. 그 사건은 칠리 요리 몇 그릇과 우는 여자 최소한 한 명, 아니 몇 명이 연루됐고, 우리 나라의 정치적 실수와 우리가 우리 아이들에게 저지르는 실수와도 관련 있었다. "애디와 칠리"라고 나는 이 사건을 부를 텐데, 장면 한가운데 테이블 위에 칠리 요리 세 그릇, 아니 정확히 말해 두 그릇과 한 컵이 있었기 때문이며, 그 한 컵의 칠리 요리는 내 것이었다.

나는 예전에 이 이야기를 쓰려고 시도했다가 포기했다. 이야기를 쓰다가 좌절해서였는지 그냥 다른 일들에 정신이 팔려서였는지는 모르겠다. 나는 그때 싱글맘이었고 나 자신과 아이를 부양하려 애쓰고 있었다. 이야기를 쓰는 동시에 일을 하고 아이를 돌보고 있었으니 시작한 것을 자주 끝내지 못하곤 했다. 이제 30년도 더 흘렀고, 다시 쓰기를 시도해보려 한다.

내가 칠리를 한 그릇이 아니라 한 컵만 주문한 이유는 심란해서 더 이상은 먹지 못할 것 같아서였다. 나는 영화와 애디 때문에 심란했다. 애디는 기분이 아직 좋았을 때 칠리 한 그릇을 주문하고는 정신없이 이야기를 늘어놓고 있었는데, 그건 내가 그녀에게 무슨 말을 하려는지 알기 전까지였고, 내가 그 말을 한 뒤에는 웨이터가 칠리 그릇을 앞에 내려놓아도 애디로

선 조금도 먹을 수 없었다. 아니, 어쨌든 그녀가 말한 바로는 그랬다. 엘리는 나처럼 영화와 애디 때문에 심란했지만 배가 무척 고프기도 해서 칠리를 한 그릇 주문했다. 그러고는 자기 몫의 칠리를 빨리 해치웠지만, 나는 그녀가 먹는 모습을 보지는 못했다. 아마 내가 애디를 비난하고 나무라고 애디가 내게 응수하는 동안 엘리는 우리를 기다리기에는 배가 너무 고파서 자기 칠리를 먹은 모양이었다. 그러고는 여전히 허기가 가시지 않은 상태로, 한 입도 대지 않은 애디의 칠리 그릇을 뚫어지게 보고 있었다. 엘리가 나중에 내게 말하길, 그 칠리를 달라고 하고 싶었지만 그러지 않았는데, 울고 있는 여자에게 그녀의 칠리를 달라는 것이 얼마나 무례한 부탁일지 알아서였다고 했다.

문제의 시작은 엘리와 내가 그날 저녁에 본 영화였다. 그 무렵 개봉한 그 영화는 세상의 또 다른 지역에서 많은 어린이를 고통에 빠트린 끔찍한 일들에 관한 것이었다. 정확히 말해, 나이가 많든 적든 모두를 고통에 빠트린 일이었지만 영화는 특히 아이들을 보여주었고, 아이들의 고통은 늘 받아들이기 힘든 법이다.

게다가 엘리의 삶에서도 내 삶에서도 이런저런 일들이 일어

나서 우리는 그런 영화에 평소보다 더 영향을 받기 쉬운 상태였다. 지금은 그 일들이 무엇인지 기억나지 않는다. 우리는 영화에 흐르는 지속적인 슬픔에 기진맥진해서 영화관을 나왔다. 관람석의 다른 사람들도 분명 심란한 듯했다. 남자 두 사람은 자리에서 일어날 수 없는 듯 나란히 앉아 빈 화면을 바라보고 있었다. 화장실에 줄 서 있는 동안 내가 본 여자들은 이미 울었거나 여전히 울고 있거나 울지 않으려고 애쓰고 있었다.

그 뒤 우리는 극장 근처 갈색 사암 건물에서 사는 애디를 데리러 걸어갔고, 애디는 건물 계단을 내려오자마자 자신에 관한 이야기를 하기 시작했다. 애디는 늘 자신에 관해 주로 이야기했는데, 어쩌면 지금도 그럴 것이다. 나는 이제 그녀와 더 이상 알고 지내지 않는데, 그날 저녁 사건 때문은 아니다. 엘리와 내가 왜 그녀와 줄곧 친구로 지냈는지 생각해내보려 한다. 아마 애디는 때때로 다른 것들에 대해서도 말했을 테고, 엘리와 내가 관심 있던 주제들에 대해 지적인 논평도 했을 것이다.

그날 저녁 애디가 자기 이야기를 시작했을 때 내가 더 화났던 이유는, 그녀가 처음에 엘리에게만 말을 걸어서였다. 듣고 있는 동안 나는 무척 화가 났지만 잠자코 있었다. 애디가 말하는 내용과 방식, 그것을 통해 드러나는 그녀의 삶과 성격에 화가 났지만 그것이 전부는 아니었고, 애디에 대한 내 화에 기름을 붓는 다른 일들이 있었다.

나는 그 영화에서 일어난 모든 일과, 그날과 그 주에 내게 일어난 모든 일, 내 아이와 관련된 몇 가지 일, 바로 지난주에 자살하려 했던 두 친구와 관련한 몇 가지 일로 심란했다. 나는 이 두 친구의 사건에 관한 이야기를 들었는데, 한 친구에게는 직접 들었다. 그녀는 자신이 어떻게 간신히 응급 전화를 걸어 아파트에서 들것에 실려 나갔는지 얘기해주었다. 두 주를 잘 보내지 못한 뒤, 한겨울 그 거리에서, 애디가 자기 애인에 관한 이야기, 그녀에게는 그녀 자신이 무대 중앙에 등장하는 비극적이고 매혹적인 이야기이겠으나 내게는, 그리고 아마 엘리에게도 지루하고 따분할 뿐인 그 이야기를 시작했을 때 지난 두 주 동안의 그 모든 일에 대한 울화가 내 안에서 끓어올랐다.

다른 두 주를 보내고 다른 영화를 보고 난 다른 저녁이었거나 다른 계절이었다면, 따뜻한 산들바람이 부는 한여름 보도 위에서였다면 화난 애인과 새벽 3, 4시의 전화 통화, 꽃다발 선물, 병에서 거칠게 뽑혀 그녀의 얼굴로 내팽개쳐진 꽃다발, 50달러를 돌려달라는 요구, 이후 애인이 느낀 부끄러움, 용서해달라는 애원, 보류된 용서에 관한 애디의 이야기가 흥미로웠을 수도 있다.(나는 마지막 부분, 곧 애디가 그를 용서했는지 안 했는지만 빼고 다 기억한다.) 사실 우리가 애디를 좋아했던 이유 중에는 대체로 어이없는 그녀의 연애 이야기도 있었을 것이다. 나는 그녀가 유일하게 오래 사귀었던 애인이던가 남편이던가를 기억하는데, 그는 그녀의 발을 자기 무릎에 올리고 손질해주곤 했고, 나는 그녀의 평소 연애와는 어울리지 않았던 그 행동이 다소 감동적이라 생각했다.

하지만 이날 저녁, 불어오는 칼바람과 도로변의 진창을 헤치며 식당으로 가는 동안 나는 우리의 식사 계획을 포기하고 싶었다. 내 작은 아파트는 그다지 구미가 당기는 장소가 아니었고 그 시간에 집에 있을 계획도 아니었으므로, 유독 휑뎅그렁한 느낌이 들 테지만 그래도 집에 가고 싶었다. 나는 피곤해서 집에 가겠다고 했지만, 애디와 단둘이 남고 싶지 않았던 엘리뿐 아니라 분명 엘리 말고도 청중이 더 필요했을 애디까지 가지 말라고 설득해서 남기로 했다.

우리는 식당에 들어가 앉았다. 애디가 계속 이야기하는 동안 나는 메뉴판을 보다가 내가 울고 있다는 것을, 무엇을 먹거나 마시거나 이야기할 기분이 아니라는 것을 깨달았다. 그러자 문제가 없는 척할 수는 없을 테니 솔직하게 말하기로 마음

먹었다.
 나는 애디를 보며 할 말이 있다고 했다. 그녀는 내 눈을 똑바로 쳐다봤고 예상보다 더 매서운 표정이었는데, 뭔가 불쾌한 말이 나올 것을 미리 알아차리고 내 말을 듣지 않기로 마음먹은 사람 같았다. 그러나 내가 미처 말을 잇기 전에 키가 크고 팔이 통통한 젊은 남자 웨이터가 우리 테이블로 다가왔다. "우리 숙녀분들께는 무엇을 갖다드릴까요?" 그래서 우리는 칠리를 주문했고, 웨이터는 우리의 주문이 그다지 마음에 들지 않는 듯했다.
 웨이터가 자리를 뜨자 애디는 나를 다시 쳐다봤고, 나는 말해봐야 거의 소용이 없으리라 생각했지만 하던 말을 계속했다. 나는 그녀가 집에서 나올 때 우리의 안부와 영화에 대해 묻지 않고, 심지어 우리를 잘 살피거나 고려하지도 않고 자신에 대해 말하고 자기 이야기를 늘어놓기 시작해서 기분이 상했다고 말했다. 우리의 기분을 세심하게 읽고 알아차려야 하는데 자기 생각만 하느라 우리를 거의 보지도 않고 신경 쓰지도 않는다고, 우리를 그저 자기 말을 들어줄 청중으로만 본다고 말했다.
 곧바로 애디는 더 이상 못 듣겠다며 울기 시작했다. 그때 나는 내가 못된 사람이 돼버렸고, 이제 다른 드라마로 바뀌긴 했지만 그녀는 여전히 무대 중앙을 지키며 스타로 남았다는 사실을 깨달았다. 이제 나는 그녀에게 잘못을 저지르고 상처를 준 또 다른 사람이 되고 말았다. 애디는 나가겠다며 칠리값을 치르려고 돈을 꺼냈다. 나는 그녀가 어떤 반응을 보이리라 상상했던 것일까? 후회? 수치? 사과?

엘리가 우리 둘을 화해시키려 했다. 나도 애디를 붙잡아 앉혀서 조만간 자기 이야기를 다시 시작하게 해야지, 안 그러면 어쨌든 그날 저녁이 엉망이 될 거라 생각했다. 지금의 나는 그때의 나처럼 느끼지는 않을 테니, 그날 나의 반응이 잘 이해되지는 않는다. 지금이라면 아마 떠나는 애디를 잡지 않을 테고, 그녀를 잊은 채 엘리와 이야기하며 남은 저녁을 보냈을 것이다. 그러나 어쨌든 그때 나는 할 수 있는 한 애디를 달랬고, 그러느라 짜증이 나긴 했다. 그녀가 입을 열고 다시 자기 이야기를 하도록 내가 할 수 있는 일을 다 했다. 소용없었다.

하지만 마음속에 있던 말을 하고 나니 기분이 나아져 내가 주문한 칠리 한 컵을 편하게 먹었고, 한 그릇을 주문하지 않은 것을 후회했다. 그러고는 애디를 설득하다 지쳐 엘리에게 관심을 돌렸다. 우리는 우리 두 사람 모두 곧 떠나게 될 여행에 관해 이야기했고, 그다음에는 엘리가 애써 구하고 있는 일자리에 대해 이야기했고, 그리고 나서는 어떤 남자가 그녀를 어떻게 생각하는지에 관해 이야기했다. 엘리는 그 남자가 자신을 어떻게 보는지 걱정하고 있었다. 달리 걱정할 일이 없을 때면 이 남자가 자신을 어떻게 생각하는지 걱정한다고 했다.

 그동안 애디는 머리를 숙이고 앉아 코를 훌쩍이며 스푼으로 칠리를 치대고 있었다. 그래서 나는 애디를 돌아보며 그날 애인과 있었던 일을 말해달라고 설득했고, 그녀는 다시 이야기를 시작했다. 그 애인뿐 아니라 그녀가 길거리에서 유혹했고 그날 아침 8시에서 9시 사이에 그녀를 찾아왔었다는 미식요리사 이야기도 했다. 그 뒤에는 또 다른 남자, 이 도시에 살면서도 그녀에게 긴 편지를 썼다는 바쁜 시나리오작가에 대한 이야기도 했다. 그사이에 엘리는 한마디도 하지 않았다. 엘리는 자기 칠리를 이미 다 먹었다. 어쩌면 애디에게 칠리를 달라고 말하지 못하면서 배는 여전히 고파 짜증이 났던 건지도 모른다. 그녀는 애디의 칠리를 자꾸 쳐다봤다. 하지만 지금 생각해보면 엘리도 애디가 처음부터 하고 싶었고 우리 둘을 불쾌하게 만드는 바로 그 일을 하고 있어서 화가 났을 수도 있다. 그러니까 자신의 이야기에 사로잡힌 청중 앞에서 자신을 사랑하는 남자들에 관해 이야기하는 것 말이다.

　나는 엘리에게 그녀가 기억하는 것이 더 있는지 물어볼 생각이지만, 어쨌든 이 이야기를 쓰기가 왜 힘든지 알겠다. 무엇보다, 실제 삶의 많은 이야기가 그렇듯, 별일이 일어나지 않아서다. 일어났던 일이라고는 어떤 감정들이 그 한 시간쯤 동안 이 사람에서 저 사람에게로 이리저리 옮겨 다닌 것뿐이다. 애디는 처음에는 쾌활했고, 그 뒤에는 화나고 상처 입었다가 다시 기분이 좋아졌다. 나는 처음에는 영화 때문에 마음이 심란했다가, 더 심란해지고 화가 났다가 내 마음을 애디에게 말하고 나자 기분이 나아졌지만, 그 뒤 우리를 교묘히 조종하는 그녀에게 짜증이 났다. 엘리는 처음에는 영화 때문에 심란했다가, 나만큼은 아니지만 애디에게 화가 났다가, 나와 애디의 갈등을 중재하는 동안 평정을 되찾았다가, 애디의 기분이 나아지고 내가 그녀를 달래자 애디에게 훨씬 더 많이 화가 났다.

　그러나 영화가 만들어지고 사람들이 그 영화를 본 뒤 무슨 일이 일어나는지 생각해보는 것도 나름대로 흥미롭다. 사람들이 전쟁으로 받는 고통을 묘사하는 영화가 만들어지고, 그것도 너무 노련하게 만들어져서 보는 사람에게 영향을 미친다. 사람들은 울거나 울 뻔하고, 아니면 감정을 드러내지 않더라도 슬픔과 부끄러움을 느낀다. 그리고 영화가 끝나면 뿔뿔이 흩어진다. 그중 몇은 그러고 나서 아마 잘 먹지 못할 테고, 영화 속 묘사를 보고 난 뒤 친구의 잘못을 용서하기가 쉽지 않을 테고, 그래서 친구에게 분노를 터트릴 것이다.

 엘리에게 그날 일을 물어봤지만 그녀는 그날 저녁을 까맣게 잊고 있었고, 물론 내게 그 일에 대해 이야기를 써달라고 한 것도 기억하지 못했다. 엘리가 그 일을 잊지 않았으리라 내가 그렇게 확신했다는 게 이상하다. 그러나 엘리는 내 질문을 계기로 골똘히 생각하다가 애디의 성과 이름을 모두 기억해내고는 그녀를 찾아봤다. 그건 내가 하지 않았던 일이다. 엘리는 애디가 지금 유럽에서 산다는 사실을 알아냈다. 내게 애디는 더 이상 알고 지내지 않게 된 이후로 갑자기 세상에서 사라진 사람이었다. 엘리는 그동안 애디가 몇몇 다소 흥미로운 일을 했다는 것까지 알아냈다. 우리의 삶은 계속되고, 세월은 흐르고, 우리는 이런저런 일을 시작하고 끝내고, 해가 지나면서 이런저런 일들은 우리의 이력에 더해진다. 어쩌면 그래서 그때 우리가 애디와 친구로 지냈던 것인지 모른다. 애디와 그녀의 이야기가 재미있었을 뿐 아니라 애디에게 흥미로운 포부가 더러 있었고 그녀가 무지하지는 않아서 말이다. 물론 너무나 철이 없었고 자기밖에 모르기는 했다. 우리 셋 모두 그랬다고 할 수 있지만 그중 애디가 가장 철이 없었다.

그날 저녁 애디의 칠리에 무슨 일이 있어났는가 하면, 그녀는 웨이터에게 집에 가져갈 수 있게 칠리를 포장해달라고 했다. 우리는 그 웨이터가 별로 마음에 들지 않았는데, 그가 우리를, 칠리만 주문해놓고 울고 다투는 이 세 여자를 별로 좋아하지 않는 듯해서이기도 했다. 그는 식당에 '포장 용기'랄 것은 없지만 그릇에 담긴 그대로 싸줄 테니 그릇을 다시 갖고 오라고 했다. 애디는 근처에 살아서 다음 날 그릇을 돌려줄 수 있었을 테고, 그렇게 했다고 나는 알고 있다.

분노발작

그녀는 몸이 말을 듣지 않고 불편하다.(그녀는 임신했다.) 그는 짜증을 낸다. "항상 자기만 봐달라고 하지. 나는 아주 힘든 주말을 앞두고 있다고." 그녀는 동의하지만, 이런 기분일 때에는 힘들다. 그냥 단념하고 잠을 자면 좋겠지만 그럴 수 없다. 저녁 식사 준비를 하다 말 수는 없다. 그러나 포일 위에 올려진 닭고기 네 조각을 들어 올릴 때 한 조각이 바닥으로 굴러떨어진다. "이 빌어먹을 놈아!" 그녀는 닭고기에게 소리를 지른다. 나중에 두 사람이 막 잠자리에 들려 할 때 정신질환이 있는 그의 형에게서 또다시 전화가 걸려온다. 이 형은 그들이 모두 함께 무언가를 해야 한다거나 무언가를 들고 다녀야 한다는 이상한 생각을 갖고 있다. 이를테면 모든 사람이 삶을 살아가기 위해 정신적 감자를 들고 다녀야 한다고 생각하며, 가끔은 자신이 빵 한 덩이를 팔 밑에 끼고 다니는 거북이라고 생각한다. 예전에도 자주 그랬듯, 그녀는 남편을 보호하기 위해 전화를 받는다. 그러나 이번에는 그와 대화한 뒤에 소리를 지르며 주먹으로 벽을 쳐댄다. 그녀는 그가 자신들의 삶에 불쑥 침입하는 것을 견딜 수 없다. 그녀는 분개하지만, 사실 다른 때에는 깊은 연민을 느껴왔다. 그녀는 그가 한 말의 책임을 그에게 돌릴 수 없다는 것을 잘 안다.

명성의 이유 #7
앨프리드 J. 에이어

젊은 시절 내 남자 친구의 이복누나는, 잉태된 지 수십 년이 지난 뒤 밝혀진 바에 따르면, 영국의 철학자이자 옥스퍼드대 교수 앨프리드 J. 에이어의 아직 인정받지 못한 딸이었다.(그가 죽으면서 그녀에게 남긴 것은 자신의 서재에서 책 한 권을 선택할 권리였다.)

젊은 주부

그날 그녀는 자신을 어떻게 보았는가:
반바지를 입은 땅딸막한 체구에
축 처진 머리카락, 털이 수북한 다리,
아기를 안고 마당으로 터덜터덜 나오고
그러고 나중에 또다시 마당으로
빨래를 안고 나온다.
그런데 지금 봐도 그것이 사실이지 않았나?

여기 시골에서는

여기 시골에는 예비 부품 때문에 놔둔, 녹슬어가는 자동차로 가득한 마당들이 있다. 한 창백한 어린 소녀가 가족의 자동차 엔진 굉음에 손가락으로 귀를 틀어막는다.

여기에서는 같은 가게들에서 같은 날 오후에 쇼핑을 하므로 어느 가게든 똑같은 사람들이 나타난다.

전기톱이 추첨 경품으로 나왔고, 우리는 벌써 탐을 내고 있다.

모두들 뜰에 다 먹지 못할 만큼 많은 상추가 자라고, 그건 우리도 마찬가지다.

새들은 에어컨 실외기 밑과, 이른 봄 우리가 욕실에 빛을 더 들이기 위해 말아 올린, 뒤 베란다의 대나무 발 안쪽에 둥지를 짓는다.

박쥐들이 굴뚝 뒤에서 며칠을, 어쩌면 더 오래 머문다. 저녁이면 박쥐 대여섯 마리가 경주를 시작하는 전서구처럼, 하나씩, 짧은 간격으로 날아가는 것이 보인다. 허공으로 뛰어내려 잔디 위를 낮게 난다. 나중에는 위층 창가에서 찍찍거리고, 비막이 나무판자를 긁어대며 다락을 들락거린다.

말벌들이 앞 베란다 처마 밑에 원뿔 모양 집을 짓는다. 어느 저녁 어스름에 우리는 그 집을 부순다. 여러 겹으로 된 페이스트리 같다.

말쑥한 작은 집들이 있다. 정원에는 식물이 잘 자라고 잔디밭은 티 없이 매끈한 진초록색이다. 여기 이 말쑥한 집은 빽빽이 자란, 키 작은 상록관목에 에워싸여 있고, 갈색 거위 한 마리가 진입로를 걸어가는데 그 뒤에 흰색 거위 둘이 따라간다. 그러나 집에서 나온 사람들은 인상을 쓰며 경계하는 태도에다, 늙은 개처럼 억세고 꾀죄죄하다.
다른 집들은 유리창이 비닐 커버로 덮여 있고, 뒤 베란다는 쓰레기가 가득하다.

진입로 끄트머리, 속이 빈 나무에는 오래전에 구멍 위에 못질한, 검게 칠한 철판 뒤에서 벌들이 산다. 뜨거운 날에는 벌들이 점점 더 많이 밖으로 나와 벌집 옆 나무줄기에 달라붙은 채 서로의 위를 기어다니며 나무 위에 촘촘한 황금색 수염 모양을 만든다.
서늘한 날이 다시 오면 수염은 사라진다.

검은 나비 하나가 수호초 이파리에 앉아 천천히 날개를 펄럭이며 말린다. 희뿌연 푸른 점들이 날개의 아래쪽 가장자리에 줄지어 있고, 뒷면에는 무지갯빛 눈동자들이 공작의 꼬리처럼 박혀 있다.

우리 집 뒷마당 뒤쪽에서 이웃집 아이들의 괴성과 그 엄마의 또렷하고 합당한 고함이 들린다. "마지막 경고야. 귀찮게 좀 하지 마!"

어떤 날들에는 거대한 사람이 앞문에 거칠게 몸을 던지기라도 한 것처럼 정체를 알 수 없는 진동이 집을 뒤흔든다.

잡화점에 가는 길에 우리는 키 큰 막대 네 개가 직사각형 네 귀퉁이로 꽂혀 있고 풀이 무성히 자란 공터를 지난다. 그 직사각형 안에는 사용하지 않는 작은 트레일러가 주차돼 있다.

이웃집 개 둘이 짖고 또 짖는다. 어쩌면 서로에게 짖고 있을 수도 있고, 어쩌면 둘이 함께 어떤 제삼자를 향해 짖는지도 모른다.

우리 집에서 두 집 건너에 사는 부지런한 노인은 빈둥거리는 법이 없다. 누군가의 집을 돌보지 않을 때면 자기 집 자갈을 갈퀴질하거나 자기 텃밭의 잡초를 뽑는다. 우리는 가끔 그가 외바퀴 수레를 덜컹대며 잔디밭을 지나는 소리를 듣는다. 가끔 그는 옆집에 가서 그 집 옆 베란다의 고양이들에게 먹을 것을 준다. "이리 온, 애들아." 그가 나지막이 부른다. "이리 온, 애들아. 배고프지? 배고프지?"

알

알(egg)은 네덜란드어로 에이(ei)다. 독일어로는 아이(Ei), 이디시어로는 에이(ey), 고대영어로는 에이(ey)이다. 노르웨이어로 알은 에그(egg), 아이슬란드어로는 애크(egg), 페로어로는 에크(egg), 스웨덴어로는 애그(ägg), 덴마크어로는 애그(æg)다. 고대스칸디나비아어로는 에그(egg), 중세영어로는 에게(egge)다.[프랑스어로는 외프(oeuf)다.][스코틀랜드 게일어로는 우그(ugh)다.]

오래전이었다. 두 미국 아기가 말을 배우고 있다. 그들은 영어를 배운다. 그들에겐 선택의 여지가 없다. 아기들은 18개월쯤 됐고, 한 아기가 다른 아기보다 일주일 먼저 태어났다. 가끔 장난감 하나를 차지하기 위해 서로 싸우지만, 평소에는 같은 방에서 따로 조용히 논다.

오늘 한 아기가 거실 바닥에서 동그란 하얀 물체를 본다. 아기는 조금 어렵게 일어나 그것에게 아장아장 걸어간다. "에크?" 아기가 말한다. 그 소리에 다른 아기가 고개를 들고 흥미로워하며 역시나 조금 어렵게 일어나 아장아장 걸어가 말한다. "애크!" 그들은 그 단어를 익히는 중이고, 거의 익혔다. 그 동그란 하얀 물체가 알이 아니라 탁구공이라는 사실은 중요하지 않다. 시간이 지나면 아기들은 그것도 배울 것이다.

어느 번역가의 오후

약속 시간에 늦긴 했지만 그녀는 지하철역을 나오기 전에 화장실에 들러 거울을 본다. 집에서 나올 때에는 잘 차려입었다고 생각했는데 지금 보니 아니라고 판단한다. 그녀는 일거리가 든 서류철과 책 두 권을 들고 있다. 지하철역에서 나와 서쪽으로, 그녀에게 일을 맡길지도 모를 부유한 인류학자의 집으로 걸어간다. 다른 일들을 걱정하느라 길을 잘 보지 않는다. 개가 보도에 누어놓은 큼직하고 물컹한 똥을 밟는다. 구두에 묻은 것을 떨어내려 애쓰고 있을 때 순박해 보이는 젊은 남자가 멈춰 서서 조언을 하더니 그 자리에 남아, 그녀가 연석에 구두를 문지르는 동안 호의적인 관심으로 지켜본다.

그녀는 멋진 타운하우스에 도착해서 지하층에 있는 현관으로 내려가 초인종을 누른다. 문을 열어준 독일인 가정부는 주방에서 셔츠를 다리는 중이었다. 남자는 이 집에서 혼자 사는데, 계단을 달려 내려와 그녀와 악수한다. 짙은 색 눈의 남자가 말하는 동안 그의 짙은 색 머리칼이 이마 위로 흘러내린다. 남자는 흰 셔츠와 검은 바지를 입고 있다.

들어가자마자 전화가 울리고, 그가 이탈리아어로 통화하는 동안 그녀는 가까운 욕실로 들어가 손을 씻고 구두를 살핀다. 그녀 옆에 있는 벽에는 빵 한 조각이 그려진 작은 그림이 걸려 있다.

그녀가 욕실에서 나왔을 때 그는 여전히 통화 중이고, 그녀는 뒤편에 있는 전면 유리창으로 휑한 정원을 바라본다. 그는 통화를 마치고 아프리카 조각상이 가득한 위층 큰방으로 그녀를 안내한다. 위층으로 올라가기 위해 다른 방들을 지날 때 유아용 침대가 놓인 침실이 보인다. 나중에 그는 멕시코에 두 살짜리 아들이 있다고 말한다.

꼭대기 층에 있는 남자의 서재에는 흰 표지로 싸인 책들이 빽빽이 꽂혀 있는데, 한 번도 펼쳐진 적이 없는 듯 아주 깨끗하다. 그녀는 그와 한 시간을 화기애애하게 보내면서 그가 맡기고 싶은 번역뿐 아니라 언어와 글쓰기, 도시 생활, 시골 생활에 관해 두루두루 이야기를 나눈다.

그녀는 그 방문과 앞으로 일을 맡게 될 기대감으로 활기차게 그 집을 나와 근처 백화점에 쇼핑을 하러 간다. 백화점에서 세 시간을 보내지만, 11달러를 주고 빨간 반바지만 한 벌 산 다음, 집으로 돌아오기 위해 지하철역으로 내려간다.

지난밤 영화관에서

지난밤 영화관에서
우리는
승합차 두 대에 가득 실려 온
윙데일 정신의학 센터 입원 환자들과 함께
〈7퍼센트 용액〉•을 보았다.

• 미국의 작가 니컬러스 메이어의 동명의 소설(한국어판은 『셜록 홈즈의 7퍼센트 용액』(정태원 옮김, 시공사)]을 영화화한 작품. 왓슨이 홈즈의 코카인 중독 치료를 위해 홈즈를 오스트리아의 정신과 의사 프로이트에게 데려간다는 설정에서 시작된다. '7퍼센트 용액'은 아서 코넌 도일의 『네 개의 서명』에서 셜록 홈즈가 코카인을 지칭한 표현.

피서지의 일요일 밤

 일요일 밤, 호숫가 피서지 작은 오두막으로 사람들을 찾아왔던 몇몇 주말 손님이 어둠 속에서 도시로 떠나고 있고, 여름 내내 오두막에 머무는 몇몇 사람이 자동차가 있는 곳까지 그들을 배웅하러 내려간다. 사람이 많지는 않지만 모두 한꺼번에 이동하니 이 적막하고 고요한 곳이 조금 혼란스러워진다. 목 보호대를 두른 채식주의자 레아가 말한다. 이걸 봐, 사람이 많기도 하지. 이곳에서는 거의 아무 일도 일어나지 않으니 이마저 어떤 사건 같은 느낌이 있다. 어둠 속에서 손전등 빛이 땅바닥과 길에서 반짝이는 돌들, 움직이는 많은 다리를 비추지만 얼굴들은 보이지 않는다. 레아의 흰색 브래지어 끈이 원피스에서 삐져나와 통통한 팔 위로 늘어진다. 작달막한 레아는 끊임없이, 길에 박힌 돌과 뿌리 들에 대해 경고하고 그녀의 남편 헨리는 그녀를 다정하게 나무란다.

어떤 가설

우리 지역 앞바다에는 징검돌 같은 흙덩어리가 아주 많다. 흙덩어리마다 가는 쇠막대가 솟아 있다. 막대 사이에 철사들이 느슨하게 묶여 있고 막대 하나는 적어도 둘 이상의 다른 막대와 연결되어 수면 위 4.5미터 높이에는 거대한 은빛 거미줄이 떠 있다. 우리는 그 구조물이 예전에 무슨 목적으로 쓰였는지 확실히 모른다. 어쩌면 전기를 생산하는 수단이었을 수도 있다. 아마 번개가 아무 막대에나 떨어진 다음, 아무렇게나 연결된 철사를 타고 이동했을 것이다. 출구를 찾는 동안 속도가 너무 빨라져서, 마침내 출구를 만나면 여러 집을 밝힐 만큼 전기가 강력했을 것이다. 이게 내 가설이다. 하지만 나는 출구를 실제로 본 적은 없다. 게다가 생각해보니 이곳에는 뇌우가 거의 없다. 아마 8월에 일고여덟 번과 7월에 한 번 정도 있을 것이다.

II

단체 공지
불필요한 중복 표현의 사례

우리 단체가
금일
단체로
한데 뭉치기 위해
오늘 오후
모일 것을
알립니다.

눈 내리는 시골의 겨울 오후,
시끌벅적한 파티에서 오간 대화

항공기 조종사가 말한다.
―길가에서 아주 작은 올빼미를 봤어요. 요만해요.(그는 양손을 20센티미터쯤 벌린다.) 아주 아름다웠어요. 완벽했어요.
탐조가가 얼른 대답한다.
―그래서 뭐요.(So what.)
조종사는 어리둥절해한다. 그는 그녀가 흥미로워하리라 생각했다. 그는 말한다.
―그래서 뭐요?(So what?)
그녀가 웃는다. 듣고 있던 다른 사람들도 웃는다.
―아니요, 애기금눈(saw whet)이라고요. 책을 찾아봐야겠지만, **애기금눈** 같아요.
그는 여전히 어리둥절해한다.
―뭐라고요?(A what?)
―애기금눈. 애-기. 금-눈.
―아! 그렇군요. (잠시 침묵.) 저는 혹시 가면올빼미인가 했죠.
―그럴지도요. 책을 찾아봐야겠어요.
―가면올빼미도 작잖아요?
―네, 아주 작죠. 아주 작은데 소리는 아주 커요.
―그 새는 피가 묻지는 않았더군요. 차에 치인 것 같았어요.

(다른 사람들이 고개를 끄덕인다.) 목이 부러졌나 봐요. (다른 사람들이 다시 고개를 끄덕인다.) 원하시면 그 새를 드릴 수 있어요.

―좋죠, 저희 집 냉동실에 넣어둘게요.

그가 웃는다. 사람들이 웃는다.

탐조가가 말을 잇는다.

―족제비를 냉동실에 넣어둔 적이 있었어요.

그가 다시 웃는다. 사람들 모두 다시 웃는다.

―2년 동안 저희 집 냉동실에 있었어요.

사람들 모두 다시 웃는다.

―존 베리가 와서 가져가길 기다렸죠.

한 여자가 묻는다.

―그 사람은 박제사인가요?

―아니요, 그냥 족제비에 관심이 있는 사람이죠. (사람들은 더 자세히 알고 싶다.) 작은 족제비였어요. 냉동실에 그것만 있었죠. 보드카하고요.

사람들 모두 다시 웃는다. 또 다른 여자가 끼어든다.

―음, 그래도 보드카를 마실 수만 있었다면 괜찮죠······.

가구의 한 유형과 관련한 글쓰기 수업 과제

잡동사니 선반 위
옹기종기 놓인 골동품들을
언급하는
비극적인 장면을
창작해볼래요?

이타카의 어느 호텔 방에서

청소 관리인 에이프릴이
빨간 펜으로 쓴 손 쪽지를
내게 남겼다.
쪽지는 커피메이커 옆에 놓여 있다.
그녀는 이렇게 썼다. "지혜는 경이로움에서 시작한다."
소크라테스가 한 말이다.
그러나 웃는 얼굴을 그려 넣은 것은 에이프릴이다.

열차에서 일어난 사건

나는 기차에 있고, 혼자 두 좌석을 차지하고 여행 중이다. 화장실에 볼일을 보러 가야 한다. 나는 깊게 생각하지 않고 통로 건너 커플에게 잠시 내 짐을 봐달라고 부탁한다. 그 뒤에야 그들을 찬찬히 살펴보고 마음이 달라진다. 우선 두 사람은 어리다. 게다가 무척 불안해 보인다. 남자는 눈이 충혈됐고, 여자는 문신이 많다. 그래도 이미 부탁을 해버렸다. 나는 자리에서 일어나 뒤쪽으로 걸어가기 시작한다. 그러나 혹시 모르니 내 자리에서 몇 줄 뒤에 앉은 정장 차림의 사업가 같은 남자에게 내가 잠깐 자리를 비워야 하는데 소지품을 다 자리에 두고 왔으니 저기 저 젊은 커플을 주시해달라고 부탁한다. 그냥 되돌아가서 다른 핑계를 대며 내 짐을 들고 올 수도 있었을 것이다. 사실 남자는 그러길 제안한다. 그는 그런 위치에 놓이고 싶지 않다고 한다. 그러니까 하던 일을 중단하고, 아직까지는 어쨌든 아무 잘못도 저지르지 않은 젊은 커플을 지켜봐야 하는 위치 말이다. 그러나 나는 돌아가서 가방을 가져오기가 너무 쑥스럽고, 가방을 가져오더라도 여전히 내 자리에 비싼 외투를 두고 와야 한다.

—이따 가면 안 돼요? 남자가 자기 일은 아니긴 하지만 내게 묻는다.

―안 돼요. 그때 내게 또 다른 방법이 떠오른다. 혹시 제가 간 사이에 제 자리에 가서 앉아 계실래요?
―안 돼요, 남자가 말한다. 그러면 내 짐을 놓고 가야잖아요.
그는 별로 협조적이지 않다. 나는 말한다.
―하지만 저 맞은편 부인이 당신 짐을 봐줄 수 있잖아요. 신뢰할 만한 분 같아요. 연세도 있고 아주 차분하게 앉아 계시네요.
―주무시잖아요.
―깨울 수 있잖아요.
―그러고 싶지 않아요.
그 나이 든 여성 옆에는 젊은 여성이 앉아 있다. 젊은 여성은 앞으로 엎어져 잠들었고, 나이 든 여성은 그녀에게 기대어 엎어진 채 자고 있다.
―그냥 툭 쳐요.
―아뇨, 안 돼요. 실은 주무시는 것 같지 않아요. 돌아가셨을 수도 있어요.
남자의 말은 농담인 듯도 하고 아닌 듯도 하다.
우리의 목소리가 커졌다. 주위 사람들은 우리의 대화와, 통로에 서서 남자를 내려다보는 나 때문에 불편해한다. 그 나이

든 부인만 빼고. 그 부인은 어쩌면 정말 죽었는지 모른다. 입은 벌어져 있지만 눈을 뜨고 있는지는 보이지 않는다.

—좀 조용히 해주실래요? 누군가 말한다. 그 나이 든 부인의 안쪽에 앉은 여자다. 잠에서 깨어 우리를 노려보고 있다. "엄마가 주무시잖아요."

나는 그 말투가 마음에 들지 않는다. 나는 조금 공격적이 된다.

—돌아가신 줄 알았죠, 내가 말한다.

여자가 나이 든 부인을 팔꿈치로 찌르며 말한다. 엄마, 이 멍청이한테 엄마가 죽지 않았다고 말해줘.

나이 든 부인이 눈을 뜨고 멍하니 딸을 보며 말한다. "나는 댁의 엄마가 아니오."

—아이고, 아버지, 딸이 말한다.

그러는 동안 그들 뒷자리에서 누군가 흥얼거리기 시작한다. 열서너 살쯤이거나 조금 더 어려 보이기도 하는 소녀다. 열두 살쯤 된 듯하다. 기차 안이 이미 소란스러운데도 나는 그 흥얼거림이 거슬린다. 나는 소음에 민감하다.

—애가 왜 흥얼거리죠? 나는 소녀 옆에 앉은, 엄마인 듯한 여자에게 묻는다.

소녀의 엄마가 말한다. 당신들 때문이죠. 당신들 때문에 애가 불안해서 그래요. 얘는 불안하거나 사람들이 말을 너무 많이 하면, 누구든 말을 너무 많이 하면 흥얼거려요.

여자는 적의 없는 시선이긴 하나 우리를 뚫어져라 보고, 한편 소녀는 계속 흥얼거린다. 이제 나는 흥미가 생긴다. 다른 몇몇 사람도 고개를 돌려 소녀를 쳐다본다. 나이 든 부인은 고개를 돌려보려 하지만 소녀가 보일 만큼 돌리지 못한다.

소녀의 엄마는 딸의 신경증에 관해 계속 설명한다. 소녀가 더 크게 흥얼거린다.

나이 든 부인이 불안해한다. 주위 사람들을 한 사람씩 보다가 자기 옆에 앉은 여자를 노려보며 말한다. 나는 댁을 전혀 모르겠소!

나는 잠시 잊고 있었지만 여전히 화장실에 볼일을 보러 가야 한다.

그때 사업가가 더 이상 참지 못하고 자리에서 일어나며 말한다. 좋아요, 내가 당신 자리에 앉아 있겠어요. 얼른 다녀오세요. 이 난리법석을 끝냅시다.

나는 단어 선택이 이상하다고, 특히 사업가에게 어울리지 않는다고 생각하지만 그렇게 말하지는 않는다.

그는 나를 밀치고 내 자리로 간다. 나는 그가 내 자리에 잘 앉는지 확인하고 싶다. 앞에서 말한 대로, 나는 두 좌석을 혼자 차지했고, 강가 쪽에 있는 자리다. 그는 몸을 굽혀 내 외투를 옮기고는 통로 쪽에 앉는다. 그때 엄마는 말을 멈췄지만 여전히 흥얼거리는 소녀와 그 앞자리의 나이 든 부인이 내는 소리를 뚫고 눈이 충혈된 젊은 남자가 큰 소리로 말하는 게 들려온다. 저기요, 그 자리는 주인이 있어요.

사업가는 알고 있다고, 그 주인이 자신에게 자리를 지켜달라고 부탁했다고 말한다.

젊은 남자는 놀란다. 왜 그런답니까? 그가 묻는다. 사업가는 아무 말이 없는데, 아마 대답을 고민하는 듯하다.

젊은 남자는 기다린다. 기다리다가 말한다. 정말이에요?

―자기가 화장실에 가 있는 동안 여기에 앉아 있어달라고 했어요, 사업가가 말한다.

―아니, 왜요? 말이 안 되잖아요, 젊은 남자가 말한다. 그는 조금 억울해하는 것 같다.

사업가는 여전히 말이 없다. 결국 어깨를 으쓱하고 만다.

―아, 젠장, 하고 젊은 남자가 말한다. 젠장. 빌어먹을.

하지만 작은 소리로 말한다. 내가 멀어지는 동안에도 그는 여전히 그렇게 말하고 있다. 어쨌든 그 젊은 남자가 내 자리를 지켜주려 애쓰는 걸 보니 나는 그렇게 소란을 피운 것이 조금 유감스럽다. 아마 나는 그를, 그와 문신을 한 그의 여자 친구를 오해했던 듯하다. 그들이 어리다는 이유만으로 나는 그들을 신뢰하지 않았다. 그렇다 쳐도, 그의 말투는 상당히 고약했다.

아버지에게 쓰는 편지

파울 첼란은 카프카에 관해 이야기하며 이렇게 말한다. "시란 아버지에게 쓰는 편지다."

나는 이 이야기를 내 시인 친구에게 한다.

시인 친구가 대답한다.

"첼란의 아버지는 나한테 있었던 아버지와는 달랐나 보군."

그는 말을 멈추고 생각하다가 묻는다. "나한테 있는 아버지라고 해야 하나……?"

그의 아버지는 세상을 떠났다.

"나한테 아버지가 있는 건가? 아니면 아버지가 있었던 건가?"

나는 대답하지 못한다.

눈 내리는 시골의 겨울 오후,
시끌벅적한 파티에서 오간 대화(짧은 버전)

조종사: 길가에서 작은 올빼미를 봤는데, 요만해요.(그는 양손을 20센티미터쯤 벌린다.)

탐조가: 뭐라고요?(Say what?)

조종사: 작은 올빼미를 봤다고요. 아주 아름다웠고, 길가에 죽어 있었어요.

탐조가: 뭘 봤다고요?(Saw what?)

조종사: 작은 올빼미요. 피는 흘리지 않았어요. 완벽했어요. 차에 치였나 봐요.

탐조가: 그래서 뭐요!(So what!)

조종사: (잠시 말이 없음) 음, 나는 당신이 흥미로워할 거라 생각해서······.

탐조가: 애기금눈!(Saw whet!)

조종사: 뭐요?

탐조가: 애기금눈!

프랑스 민주주의, 1884년

　헨리 제임스는 『짧은 여행』에서 그가 프랑스에 유행하는 형태의 민주주의라 부른 것을 이렇게 묘사한다. 한 카페 종업원이 손님에게 글쓰기 도구를 가져다준다. 그러고 나서 카페가 한적해지고 종업원은 달리 할 일이 없으니, 손님과 함께 탁자에 앉아 자신도 편지를 쓰기 시작한다.

명성의 이유 #8
디트로이트 가는 길에

최근 나는 디트로이트행 비행기에서 한 여성 옆에 앉았는데, 알고 보니 철학자 루이스 멈퍼드의 죽은 조카의 아내였다.

영국

　내 왼손은 acknowledgment에 자꾸 e를 하나 더 입력해서 영국식 철자 acknowledgement로 만들고 내 오른손은 자꾸 그 e를 지운다. 내 왼손은 영국에서 자랐나 보다.

콜로니얼 윌리엄스버그 역사 마을의 범죄행위

거리 축제가 열리는 동안 한 관광객이 뚜껑을 딴 맥주병을 들고 기념품 가게에 들어온다. 그녀는 살짝 취해서 비틀거리고, 조금 시끄럽고, 말이 많고, 문 옆에서 알짱거리면서도 나가려 하지 않는다. 가게 주인은 성가셔하며 그녀에게 나가달라고 여러 차례 부탁한다. 여자는 고집을 피우며 나가지 않는다. 한 가게 직원이 뒤에서 지켜보고 있다. 가벼운 실랑이 끝에 가게 주인이 경찰을 부르고 여자는 음주 소란으로 체포된다. 몇 달 뒤 사건은 법정으로 넘어간다. 피고 측 증인이 불려 나온다. 피고에게 동정적인 기념품 가게 직원이다. 뚜껑을 딴 맥주병을 든 여자는 아무 해도 끼치지 않았고 술에 많이 취하지도, 소란을 일으키지도 않았다고 말한다. 검찰 측 증인은 없다. 판사는 짜증을 내며 소송을 기각한다.

호텔 라운지의 대화

두 여자가 호텔 라운지 소파에 함께 앉아 몸을 앞으로 숙이고 대화에 깊이 빠져 있다. 나는 내 방으로 가는 길에 그 앞을 지나간다.

첫 번째 여자, 큰 목소리로 또렷하게, 행복해하며: "내가 생전 처음 재미(fun)를 맛봤지 뭐니!"

나는 깜짝 놀라고 호기심을 느낀다. 두 사람은 얼마나 허심탄회한 대화를 나누고 있는가! 나는 지금까지 그녀가 어떤 삶을 살았을지 상상해본다. 요사이 그녀가 무슨 일을 겪었을지, 그로 인해 어떤 깨달음을 얻었을지 상상해본다. 그녀가 말한 재미가 무엇인지. 내 상상은 오래가지 못한다.

두 번째 여자, 낮은 목소리로 불분명하게: "[웅얼웅얼]."

첫 번째 여자: "아니, 아니. 펀(粉, fun)은 중국어야. 표준 중국어. 그건…… 쌀국수의 일종이야!"

명성의 이유 #9
디트로이트에서

나는 디트로이트에서 줄을 서 있다가 한 여자를 만났는데, 알고 보니 사뮈엘 베케트의 작품을 출판한 바니 로셋의 딸이었다.

친구가 더 좋은 장바구니 수레를 빌려 가다

　오래된 텔레비전과 오래된 전화, 오래된 잡지, 그 밖에 오래된 것들을 수집하는 한 남자가 친구에게 말한다. "아냐, 버리지 마!" 아주 크고 아주 오래된 스피커 한 쌍을 두고 하는 말이다. 자기가 가져가겠다고 한다. 그는 도시의 다른 동네에서 장바구니 수레를 들고 지하철로 온다. 스피커가 너무 커서 장바구니 수레에는 하나만 들어간다. 그는 그것만 들고 지하철을 타고 돌아간다. 다른 스피커를 가지러 다시 오면서, 이번에는 장바구니 수레 없이 온다. 그는 친구에게 있는 더 좋은 장바구니 수레를 눈여겨봐 그것을 빌려 간다. 그는 친구의 장바구니 수레를 즉시 돌려주는가? 그렇다. 그는 당장, 이번에도 지하철을 타고 와서 돌려준다. 왜 그는 스피커 두 개를 동시에 택시로 옮기지 않았나? 그래도 됐을 텐데. 아마 뒷좌석 그의 옆자리에 들어갔을 테고, 그에게는 장거리 택시비를 지불할 여유가 있는데. 하지만 그는 꼭 써야 할 돈이 아니면 쓰지 않는다. 그의 친구 중 그가 가장 돈이 많고, 유일한 구두쇠이기도 하다.

안식일 이야기 #1
전기 차단기

도시의 폭염.

정통파 유대교인이 보도에 서서 비유대교인이 나타나길 기다린다.

비유대교인이, 이방인이 나타난다.

이방인은 유대교인을 도울까?

유대교인은 이방인을 데리고 지하실로 내려간다.

이방인이 전기 차단기 스위치를 탁 올린다.

이제 에어컨이 다시 작동한다.

위층 아파트에서는 많은 남자가 더위에 속옷 바람으로 땀을 흘리며 앉아 있다.

이방인은 우유와 쿠키를 감사의 표시로 대접받는다.

포스터에 관해 우체국에 보내는 편지

우체국 귀중,

저는 며칠 전 동네 우체국에 갔다가, 줄을 서서 기다리는 동안 그곳에 게시된 포스터 하나를 살펴봤습니다. 크기가 컸고(약 90 × 120센티미터), 환한 색상에 아주 큰 글씨로 이렇게 쓰여 있었습니다. "사람은 누구나 선하다." 문장 뒤 그림은 스티로폼 완충재 알갱이들이 바닥에 있는 아주 큰 종이 상자 내부를 보여주었습니다. 포스터 문구는 스티로폼 완충재를 가득 채운 큰 상자에 신발 한 켤레를 보내는 것과 관련이 있었지요. 저는 물품을 과잉 포장하기 전에 그로 인해 생기는 쓰레기를 생각해보라는, 환경에 관련된 메시지일 거라 예상했습니다.

저는 불필요하게 스티로폼 알갱이로 포장된 물품을 받으면 짜증이 나곤 합니다. 영원히 분해되지 않을 것을 쓰레기 매립지에 버리기가 싫어서, 동네 택배사에서 재사용할 수 있게 그 알갱이들을 비닐봉지에 넣어 갖다주려고 하는데, 그 과정에서 짜증이 더 나고 맙니다. 아마도 정전기 때문인 듯한데, 스티로폼 알갱이들이 제 손과 머리카락과 근처에 있는 모든 것에 달라붙어 집어 올리기도 힘들고, 무게가 거의 나가지 않으니 비닐봉지에 털어 넣기는 훨씬 더 힘이 들지요.

제 입장과 같은 포스터를 읽는 것은 언제나 즐거운 일입니다. 하지만 포스터를 더 자세히 살펴보다가 저는 인터넷 경매사가 공동 후원한 이 포스터의 메시지에 충격을 받고 말았습니다. 그러니까 귀 기관, 혹은 귀 기관이 고용한 포스터 제작자들은 스티로폼 알갱이를 가득 채운 특대형 상자에 신발 한 켤레를 포장해 보내는 것을 "일종의 사랑"이라고 표현하더군요.

저는 이 메시지가 몇 가지 이유로 잘못됐다고 생각합니다. 제가 알기로, 인터넷 경매 구매품을 발송하는 사람들은 구매자와 아는 사이가 아니며, 상업적인 거래를 할 뿐입니다. 이 사람들이 구매품을 아주 신경 써서 포장한다면, 꼼꼼해서이거나 아니면 높은 평점을 받아서 앞으로 더 많은 물건을 팔고 싶어서겠죠. 그건 어떤 종류의 사랑에서 나온 행위가 아닙니다. 더구나 이방인에 대한 사랑은 우리가 진정한 깨달음을 얻을 때 비로소 느낄 수 있는 것인데, 대부분의 사람은 그런 깨달음에 도달하지 못하지요. 하지만 더 심각한 문제는 포스터가 전달하는 더 큰 메시지입니다. 과잉 포장이 좋다고, 적어도 해롭지는 않다고, 오히려 귀여운 기벽이라고 말하고 있으니까요. 깨질 리 없는 신발 한 켤레 같은 물건을 그렇게 과도하게 포장해 보내는 것은 환경을 조금도 사랑하지 않는 일이고, 환경에 대한 사랑 없이는 그 어떤 사랑도 그다지 훌륭하지 않다고 생각합니다. 물론 제 의견일 뿐이지만요. 귀 기관은 우리 사회가 이미 부족하지 않게 저지르고 있는 낭비를 부추기고 있을 뿐입니다. 정부 기관으로서 이 점을 특히 숙고하셨으면 합니다.

                     귀 기관이 전달하고자 하는 메시지를 재고해주시기 바랍니다.

                                 진심을 담아.

성숙한 여인이 또 다른 성숙한 여인과
점심을 먹으면서 논의한 레인코트 문제의 결론 부분

그녀는 합리적인 어조로 말한다.
"꼭 버버리일 필요는 없잖아!"

안식일 이야기 #2
민얀

남자가 휴대폰을 들고 유대교회당 밖 길가에 서 있다.

이방인이 다가와 남자에게 휴대폰을 빌려줄 수 있는지 묻는다.

남자는 승낙하고, 이방인은 전화를 사용한다.

이번에는 남자가 이방인에게 유대교회당에 와줄지 묻는다.

구인: 민얀*을 채우기 위해 필요한 남성 한 명.

이방인은 승낙하고, 예배가 거의 끝날 때까지 회당에 머문다.

• 유대교회당의 예배를 위해 필요한 최소 인원.

우리의 관계망

우리는 돈이 많아질수록 더 많은 사람을 달고 산다. 나는 변호사는 특별한 경우가 아니면, 친척이나 전남편이나 집주인을 협박하고 싶을 때가 아니면 고용하지 않는 편이다. 그러나 나도 상담사와 증권 중개인, 회계사는 꾸준히 찾아간다. 그리고 물론 내 증권 중개인에게도 상담사가 있을 테고, 그의 상담사에게도 변호사가 있을 것이다. 상담사의 변호사에게도 상담사와 회계사가 분명 있을 테고, 어쩌면 그의 일을 처리하는 변호사도 있을 것이다. 이처럼 필수 서비스를 제공하는 전문직 종사자들의 유대는 우리 지역사회의 매우 강력한 관계망이다.

윌리엄 코빗과 이방인

처음 만나는 한 남자가 코빗에게 왜 그렇게 싱싱하고 젊어 보이는지 물었다. 코빗은 일찍 일어나고, 일찍 자고, 조금 먹고, 순한 맥주보다 독한 술은 마시지 않고, 하루에 한 번 면도하고, 최소한 하루에 세 번 손과 얼굴을 깨끗이 씻는다고 말했다.

그 이방인은 너무 버거운 일이어서 할 엄두가 나지 않는다고 대답했다.

명성의 이유 #3
준 해벅

우리 부모님은 코네티컷의 작은 집을 준 해벅에게서 샀다. 준 해벅은 아주 어렸을 때부터 재능 있는 배우이자 탭댄서였다. 그녀의 언니인 집시 로즈 리만큼 유명하지는 않았다.

관점의 문제

하얀 무언가 집 옆 허공을 지나가는 것이 보였다.
나는 커다란 하얀 나비가 날개를 펄럭이며 지나간다고 생각했다. 희귀한 하얀 나비!
그러나 그것은 창가를 지나가는 우편부의 손에 들린 속달우편일 뿐이었다.

건축 장인

그가 뛰어난 장인의 솜씨로
저기 사다리 위에서,
동네에서 가장 오래된 집을 신중하게 부수고 있다.

적들

적들: 한 가지 버전

내게 적이 하나 생겼다. 적이 생기기는 처음이다.

사실, 이제 내게는 적이 둘 있다. 아니, 아직은 하나뿐이다. 하지만 이제 그에게 적이 하나 있고 그는 내 배우자이니 그의 적은 분명 내 적이 될 것이다. 그리고 그의 적의 배우자는 그의 적의 주장을 지지하니 그의 적의 배우자도 분명 내 적이 될 것이다.

적들: 또 다른 버전

이제 우리에게 적이 몇 생겼다. 우리에게 적이 생기기는 처음이다. 적어도 나는 적이 있던 적이 없다. 그는 있다. 이제 우리는 함께 최소한 두 명의 적을 가진다. 그는 적이 몇 있었는데, 시내에도 있었고 이 근처에도 있었다. 이제, 우리에게 생긴 적 하나는 사실은 내 적일 뿐이다. 그녀가 홧김에 그를 적에 포함시키지 않는다면 말이다. 그리고 우리에겐 적이 하나 더 있다. 아니, 그 여자가 그 남자와 함께 우리에게 등을 돌린다면 두 명 더 있는 셈이다. 아직은 모른다. 처음에 그들은 그의 적들이었다. 아니, 처음에는 그 남자가 그의 적이었지만 내가 그의 편을 든다면 그들은 내 적도 될 수밖에 없다. 이 적들 둘 다,

아니 모두 다 여기 이 동네나 꽤 가까운 곳에서 산다. 길에서 그들을 만나면 어색하고 불쾌하거나 슬플 것이다. 나는 이제까지 길에서 누군가를 만나, 적을 만나 당혹스러운 기분을 느끼는 처지에 있어본 적이 없다.

외로운 (통조림 햄)

작고 마른 늙은 여자가
추수감사절 전날
머뭇거리며 가게로
들어간다.
그녀가 묻는다.
"통조림 햄 있어요?"

그 불쾌한 남자

그 불쾌한 남자! 나는 며칠 전 기차에서 그를 봤고, 그가 누구인지는 알았지만 이름은 기억나지 않았다. 그 뒤 이름을 기억해내려 애쓰며 계속 그를 생각했다. 오래전 그를 알고 지내던 때 그는 무척 불쾌한 사람이었다. 이제 그의 머리는 백발이 됐지만, 겁먹은 토끼처럼 눈을 휘둥그렇게 뜨고 사람을 똑바로 노려보는 모습은 여전했다.

나는 오늘 다시 기차를 타며, 그가 탔으면 좋겠다고 생각한다. 그러면 이름을 물어볼 텐데. 아마 그러고 나면 그에 대해 더 이상 생각하지 않을 수 있을 것이다.

이 이야기의 첫 문장―"그 불쾌한 남자!"―은 내게 로린 니데커의 시를 떠오르게 한다. 아니면 그 반대로, 로린 니데커의 시 때문에 "그 불쾌한 남자!"라고 썼는지 모른다. 니데커의 시는 이렇게 시작한다.

(무제)

그 박물관 남자!
그가 아빠의 타구를 가져갔다면 좋을 텐데!

나는 이제 그 타구를 꺼내
땅에 파묻고
돌로 눌러놓을 것이다.
눌러놓은 그 돌이 없다면
되돌아올 테니.

실제로는 아마 양방향으로 작용했을지 모른다. 내가 그 문장으로 이야기를 시작한 것은 나도 모르게 내 기억 어딘가에 니데커의 시가 있어서였다. 그러고는 내 이야기를 보면서 그 시가 다시 떠올랐다.
이번에는 다른 방식으로, 니데커의 시와 더 비슷하게 써볼 수도 있을 것이다.

그 불쾌한 남자!
나는 기차에서 그를 보았고, 오래전 알던 그를 확실히 알아보았다!
그러나 이름이 기억나지 않았다.
아, 이름을 물어볼 수 있게
그가 기차에 다시 탄다면 좋을 텐데.

그러면 나는 그를 묻어버리고
그 위를 돌로 눌러놓을 수 있을 텐데.

아쉬워하는 독신자

그녀가 따뜻한 물속에 누워 있을 때
욕조 속에서 그녀를 살짝 건드리는
그게 뭘까?
아,
물 위에 떠 있는 책갈피 하나…….

동네의 늙은 남자들

우리 동네의 한 늙은 남자는 매일 집을 나와 길가를 따라 산책하곤 했다. 동네에 보행로가 많지 않아서 차도로 걸었지만, 뒷골목에서는 차들이 천천히 지나갔다. 그는 큰 키에 마르고 약간 구부정한 늙은 남자였다. 동네 의사의 아버지였다. 한 손에는 지팡이를, 다른 손에는 우편물을 넣는 천 가방을 들고 씩씩하게 걷지만 보폭이 워낙 작아서 그리 빨리 앞으로 가지는 못했다.

이제 그는 떠난 듯하다. 따뜻한 날씨는 돌아왔지만 그는 길에서 보이지 않는다. 추운 날씨에는 길에 늙은 남자들이 없다. 이제 날이 다시 따뜻해지니 늙은 남자 몇이 나타나지만, 시내에서만 보도를 잠깐 걷다가 가게에 들어가거나 길을 건너가려 서 있는 모습이 보일 뿐이다. 그중 한 사람은 살집이 있고 수염을 길렀는데, 반바지와 멜빵을 걸치고 짙은 색 양말에 튼튼한 구두를 신었다. 다른 한 사람은 비쩍 말랐고, 한쪽으로 몸을 휘청대며 기우뚱하게 걷다가 근처에 벽 같은 것이 조금이라도 있으면 손을 짚기도 하고, 가게 문을 열기 위해 몸을 뒤로 쑥 젖히기도 한다.

우리 집 앞을 지나쳐 가던 또 다른 늙은 남자가 있었다. 그는 휘청대지도 않고 보폭도 컸다. 잘생긴 머리 위에는 빵모자를 비스듬히 쓰고 다녔다. 흰 수염은 짧고 곱슬곱슬했다. 그는 의사 아버지와 달리 이 동네에서 평생을 살아서, 길을 가다 멈추고는 우리에게 예전에는 보도가 어디에 있었는지, 누가 어느 집에서 비명횡사했는지 말해주곤 했다. 요즘에는 보이지 않는다.

또 다른 늙은 남자는 일주일에 한 번씩, 정장과 외투와 광을 낸 정장 구두를 걸치고서 대문 앞에 서 있곤 했다. 아들이 태우러 오길 기다리느라 일찍 나와 있었다.

이렇게 동네 길에서 보이는 늙은 남자들이 있고, 요양원에 가면 가족들이 맡겨두고 간 늙은 남자들이 보인다. 요양원은 작은 마을 같다. 작은 예배실과 이발소, 선물 가게가 있고 마을 회관 같은 회의실이 있다. 관리 사무소가 있고, 시내 중심가 같은 복도가 있다. 복도에서 마을 사람들을 만나면 잠깐 멈춰 이야기를 나눌 수도 있다. 그래도 거주자 몇은 그냥 하루 종일 복도를 왔다 갔다만 한다. 과거에는 어땠는지 몰라도 이제는 더 이상 대화를 나누고자 걸음을 멈추지 않고, 지나쳐 가면서 거의 적의에 찬 시선으로 노려보거나 공허한 시선으로 앞만 볼 뿐이다.

그중 한 사람은 깔끔한 옷차림에 용모가 단정한 노인인데,

씩씩한 걸음으로 빨리 걸으며 부하 직원들과 오늘 그들이 할 일에 대해 중얼거린다. 그러다 걸음을 멈추고 우리에게 자신이 아침 일찍 일어나서 공장에 가야 한다고 말한다. 공장은 사라졌고 그의 부하 직원들도 떠났지만 그는 여전히 무언가를 책임지고 있는 사람처럼 보인다.

체격과 키가 크고 마른 한 노인은 여전히 총기를 조금도 잃지 않았다. 방 출입구에 휠체어를 놓고 앉아 복도를 내다보다가, 우리가 걸음을 멈추고 말을 걸면 호주에서 목재등급평가사로 일했던 자신의 삶에 대해 이야기한다. 그의 아내가 매일같이 찾아와 그의 옆에 있는 의자에 앉아 여러 시간을 보내고, 부부의 작은 강아지는 그의 무릎에 앉아 복도를 지나가는 발과 휠체어들을 명랑하게 관찰한다.

흰 시트를 덮은 침대에 또 다른 늙은 남자가, 흰 시트만큼이나 피부가 허연 교수가 누워 있다. 옆 침대에는 피부가 짙은 갈색인 룸메이트가 누워 있다. 두 사람은 좋은 친구이고 서로를 좋아하지만 룸메이트가 교수보다 더 총기 있다. 룸메이트는 가족이 찾아오는 건 좋아하지만 방에서 나가고 싶어 하진 않는다. 늙은 교수는 기억을 많이 잃었지만 유머 감각은 여전하다. 농담을 던지지만 발음이 불분명해서, 가족들만 무슨 얘기인지 짐작할 수 있을 뿐이다. 그는 자신을 찾아온 사람이 누구인지는 알지만 자기가 무슨 일을 하며 살았는지는 기억하지 못한다. 가족은 그를 휠체어에 태우고 복도로 나간다. 식사 시간이 되면 식당으로 모시고 가 식사를 돕는다.

우리가 읽고 있는 책에서 다루는 200년 전의 한 마을에서 늙은 남자는 건강이 어떻든 자기 집이나 친척 집, 어쩌면 돈을 받고 그를 돌봐주는 다른 사람의 집에서 남은 생을 살곤 했다. 그는 가족에게 짐이 됐을 수도 있고, 가족을 소소하게 도울 길을 찾았을 수도 있다. 혼자 힘으로 다닐 수 있는 한 길이나 들, 목초지나 숲을 돌아다녔을 것이다. 그러다가 어느 날 병이나 사고로 쓰러져 천천히 또는 빠르게 죽어갔다.

애미엘 위크스는 나이가 지긋했지만 아직 삶의 끄트머리에 이르진 않은 남자로, 바다와 숲을 굽어보는 그 마을 남쪽 지역에서 살았다. 매주 토요일 오후, 해가 여전히 높이 떠 있을 때 그는 일을 멈추고 들어와 씻고, 면도하고, 빵과 우유로 소박한 저녁을 먹곤 했다. 그러고는 앉아서 성경을 읽었다. 그것이 그가 안식일을 시작하는 방식이었다.

늙은 조너선 아저씨는 말뚝에 장붓구멍을 내고 울타리를 세우러 왔다. 아이들은 마을의 다른 남자들은 말뚝에 장붓구멍을 내는 법을 모른다고 생각했다. 그 뒤 태양이 북회귀선에 다가갈 무렵 늙은 조너선 아저씨는 호미를 들고 다시 와서 옥수수를 심었고, 옥수수가 자라면 다시 오곤 했다. 그는 친절한 눈빛과 친절한 목소리로 아이들을 대해서, 아이들은 그가 말뚝에 장붓구멍을 내거나 가로장을 이을 때 주위에 모여들어 몇 시간이고 구경하길 좋아했다.

그는 키가 크고 힘이 셌고, 류머티즘으로 다리를 절었다. 11시에 한 번, 4시에 다시 한 번 간식을 먹기 위해 일을 멈추고 연장을 내려놓고 나서 럼주와 염장 생선, 크래커를 조금 먹곤 했다. 지적인 넓은 이마 덕에 얼굴에 품위가 있었고 정신도 아마 그만큼 지적이었겠지만 자기 의견을 말하는 일에는 겸손했다. 그 시절의 다른 사람들처럼 조용히, 가난하게 살았고, 일용할 양식을 위해 일했으며, 결국 노환으로 죽었고, 단 며칠 동안 애도받고 잊혔다.

같은 마을의 또 다른 늙은 남자 에버니저 브룩스는 툭 튀어나온 눈과 매부리코에 이마는 훤칠했다. 머리는 은빛 백발이었는데, 조용한 집에서 난롯가 의자에 몸을 뒤로 기대고 앉아 머리칼을 안경알 한쪽에 드리운 채 성경을 읽거나 읽다가 잠들곤 했다.

늙은 에벤 아저씨는 에버니저 브룩스의 아들이었다. 늦은 중년에 뇌졸중으로 몸의 절반을 쓸 수 없게 되어 가족에게 큰 짐이 되었다. 10년 동안 의자에 앉아 있거나, 의자 윗부분에 기대 의자를 앞으로 밀고 다시 윗부분에 기대길 반복하며 돌아다녔다. 단음절로 말은 했지만 다른 사람이 알아들을 만큼 분명하게 말하지는 못했다. 왼손으로 연필을 쥐고 몇 단어를 휘갈겨 쓰기도 했다.

그는 절뚝대며 동생 오베드의 집으로 가곤 했다. 의자 등받이에 몸을 의지해 의자를 밀다가, 지치면 의자에 앉아 자주 쉬면서 갔다. 자기 집으로 돌아오는 경우가 점점 줄어들었다. 결국 동생 집에 머물며 부엌 창가에 앉아 있었는데, 따뜻한 날씨에는 작은 잔디밭에 앉아 있었고 겨울에는 장작을 쌓아두는 헛간에 서 있었다. 그곳에서 여러 해 동안 왼손으로 불쏘시개를 쪼개고 톱질했다. 결국 장에 염증이 생겨 죽었다.

그리고 조지 위키스가 있었는데, 그는 가만히 있지 못하고 온종일 정처 없이 돌아다니다가 밤이 되거나 배가 고프거나 힘이 빠지면 그를 돌보는 친척 집으로 돌아오곤 했다. 어느 겨울날 그는 집을 나와 평소보다 멀리까지 갔다. 눈이 내리기 시작했고 동풍이 불어왔다. 그의 몸 위로 눈송이가 점점 두껍게 쌓였다. 폭풍과 어둠이 덮칠 무렵 그는 그를 기다리는 저녁 식사와 난롯가에서 여전히 먼 곳에 있었다. 북동풍이 울부짖으며 나무들을 흔들었고, 눈은 나무줄기를 뒤덮고 가지 위에 무겁게 쌓이며 폭풍을 피할 만한 모든 곳을 뒤덮었다. 늙은 조지는 왔던 길을 되돌아가 가장 가까운 집으로 갔지만 그 집에는 아이들만 있었고, 아이들은 무서워서 문을 열어주지 않았다. 그래서 그는 집으로 돌아가려면 건너야 하는 골짜기로 다시 돌아갔고, 골짜기로 내려갔지만 건너가지는 못했다. 그는 기력이 다했다. 기이한 잠이 그를 덮쳤고 그는 가만히 누워 있었다. 눈이 그의 몸 위에 두껍게 쌓였다.

늙은 세스와 늙은 조는 여든 살이었고 너무 쇠약해서 일을 할 수 없었다. 아내들은 더 이상 직접 털실을 잣거나 그들의 옷감을 짜지 않았다. 두 늙은 남자는 잡화점 주인 오베드 브룩스와 계약을 했다. 그에게 토지를 조금 양도하고 그 대가로 식료품과 그들을 따뜻하고 품위 있게 지켜줄 올이 굵은 브로드 천을 받기로 했다. 그래서 늙은 세스와 늙은 조가 외바퀴 손수레를 번갈아 끌며 브루스터 길을 천천히 올라가는 모습이 마을의 흔한 광경이 됐다. 그들은 외바퀴 손수레에 돼지고기와 당밀을 싣고 집으로 돌아가다가 가끔 걸음을 멈추고 길에서 마주치는 누군가와 이야기하기도 했고, 둘이 함께 어린아이처럼 재잘대며 걸어가기도 했다.

결혼 생활의 짜증 나는 순간
코코넛

여러 날이 지난 뒤 그가 그녀에게 말했다.
"이 코코넛 좀 어떻게 해줄래?"

일요일 오전 남쪽으로 가는 길에
(그들이 생각하기에)

마크와 게일은 오토바이에 기름을 채우고 허기를 채우기 위해 멈췄다. 그러나 식당에 들어가자 한 여자가 손에 메뉴판을 들고 그들을 맞이하며 이렇게 말했다. "저희는 아침 식사를 일요일에 제공하기만 해요.(We only serve breakfast on Sunday.)" "하지만 오늘은 일요일잖아요." 마크가 말했다. "네, 그래서 아침 식사를 제공하기만 해요." 여자가 말했다. 그들은 여전히 어리둥절했다.

여자의 말은 부정적인 어조로 들렸다. 그날이 일요일이고 그들이 생각하기에는 아침인데도 아무것도 먹을 수 없다는 경고 같았다.

그래도 그녀는 그들을 위한 것인 양 손에는 메뉴판을 들고 있었다.

여기에서 한 가지 문제는 문법 문제다. 한정 표현인 "-만(only)"이 잘못된 곳에 쓰인 탓에 여성이 무슨 말을 하는지 분명하지 않다. "저희는 아침 식사를 일요일에 제공하기만 해요"는 사실 '저희 식당이 아침을 제공하는 날은 일요일뿐입니다. 주중 다른 날에는 아침 식사를 제공하지 않습니다'라는 뜻일 수 있다. 또한 아침뿐 아니라 다른 식사도 제공한다는 뜻일 수도 있는데, 그렇다면 마크와 게일은 언제든 식사할 수 있다는 말이다. 아마도 그녀가 실제로 하려던 말을 올바르게 전달하려면 한정 표현 '-만'을 한정하는 말 바로 옆에 두어서 '저희는 아침 식사만 일요일에 제공합니다(We serve only breakfast on Sunday)'라고 말해야 한다. 또한 일요일을 처음에 오게 어순을 바꾸면 하려던 말을 올바르게, 훨씬 명료하게 할 수 있을 것이다. '일요일에 저희는 아침 식사만 제공합니다.(On Sunday, we serve only breakfast.)' 아니면 더 분명하게 '일요일에 저희 식당이 제공하는 유일한 식사는 아침 식사뿐입니다(On Sunday, the only meal we serve is breakfast)'라고 할 수도 있었다. 사실 이렇게 어순을 바꾸면, 앞에 사용했던 것처럼 한정 표현 '-만'을 부정확하긴 하나 더 편하게 써서 '일요일에 저희는 아침 식사를 제공하기만 해요'라고 말해도 의미가 충분히 전달됐을 것이다.

그래도 여자의 단호한 표현은 마크와 게일이 그 식당에서 식사할 수 없으리라고 알려주는 것처럼 들렸을 수 있다. 실제로 식당은 이날 아침 식사만 제공하는데, 마크와 게일의 생각과는 관계없이, 이미 아침이 지나 이른 오후가 됐기 때문이다. 하지만 이 여자의 혼란스러운 진술은 실제로 마크와 게일이 그 식당에서 식사하기에는 너무 늦었다는 말인가? 아니다. 마크와 게일이 식사를 할 수는 있지만, 이제야 그들이 깨달은 대로, 이른 오후라 해도 점심 식사 메뉴는 먹을 수 없다는 말이다. 그렇다. 식당은 여전히 아침 식사 메뉴를 제공하고 있으며 이후에도 몇 시간 동안 아침만 제공할 것이다. 그래서 여자는 처음에 경고하고, 다시 경고한 뒤 더 친절해진 태도로 마크와 게일을 식당 뒤편 테라스의 그늘진, 근사한 야외 테이블로 안내하고는 종업원을 보내 주문을 받았다.

식사하는 동안 마크는 생각했다. 어쩌면 청력이 예전만큼 좋지 않아서, 메뉴가 제한된다고 경고하는 여성의 어조를 놓쳤을지 모른다고. 그러니까 그들이 실은 무언가를 먹을 수는 있다고 말하는 여성의 어조를 알아듣지 못했다고 말이다.

그들이 얼마나 오래 머물렀느냐고? 허기를 채우고 쉬고 나서 가던 길을 계속 갈 준비가 될 때까지. 오토바이에 기름을 채우는 것은 기억했느냐고? 그렇다.

명성의 이유 #1
에즈라 파운드

나는 이 사실을 어떻게 해야 가장 잘 표현할 수 있을지 모르겠다. 몇 가지를 시도해보겠다.

파운드의 아들 오마르는 내 의붓언니의 아버지의 조카딸의 남편이었다.

내 의붓언니의 아버지의 여동생에게는 파운드의 아들 오마르와 결혼한 딸이 있었다.

내 의붓언니의 아버지의 조카딸, 즉 내 의붓언니의 고종사촌은 에즈라 파운드의 아들 오마르와 결혼했다.

내 의붓언니의 아버지의 여동생 루이즈 마거릿의 두 딸 중 하나는 파운드의 아들 오마르와 결혼했다.

내 의붓언니의 고모 루이즈 마거릿의 딸의 시아버지가 에즈라 파운드였다.

내 의붓언니의 고모의 딸의 시아버지가 에즈라 파운드였다.

내 의붓언니의 사촌의 시아버지가 에즈라 파운드였다.

나중에 나는 에즈라 파운드 전문가인 친구에게 할 수 있는 한 최선을 다해 이 사실을 설명한다. 나는 친구가 이 사실을 흥미로워하리라 생각한다. 그는 약간 흥미로워하지만, 오마르가 사실 파운드의 친아들이 아니었다고 알려준다.
　파운드의 유일한 친자식은 그가 인정하지 않은 자녀였다. 그 자녀는 올가 러지에게서 사생아로 태어난 딸이었다.

　나는 내가 잘못 알고 있는 사실을 지적당해도 싫지 않다.

III

한 여자가 자동차 경주장 주인을 찾아가다

이른 겨울, 한 여자가 다가오는 일정을 의논하기 위해 이 근처 큰 자동차 경주장 주인을 찾아간다. 그녀는 상냥하고 친절한 여자인 반면, 경주장 주인은 냉정하게 굴 수 있는 남자다. 그러나 아마 그녀의 상냥함에 대한 응답이었는지, 이 만남에서는 그도 상냥해진다. 여자가 경주장 주인을 찾아간 이유는 딸이 자신이 자란 가족의 집 뒷마당에서 결혼식을 올리고 싶어 하고 그 뒷마당이 경주장과 가까워서다. 뒷마당에서 넓은 개울만 건너면 바로 작은 숲 너머에 경주장이 있다. 여자와 딸은 결혼식 날짜를 잡을 준비가 됐다. 그들은 경주 일정이 어떻게 되는지, 경주장 주인이 어느 하루의 오후를 경주나 시험 주행 없이 비워둘 수 있는지 알고 싶다. 그러면 그들은 경주장이 조용한 그날 오후에 결혼식을 잡을 것이다. 그들이 피하고 싶은 것은 경주장 소음만은 아니다. 경주가 있는 날에 결혼식이 열린다면, 확성기 방송과 엔진 굉음이 잦아든 사이에 숲 사이로 들리는 음악과 젊은 여성의 결혼 서약에 경주 관람객들이 동요할지도 모를 일이다.

노화

 여자가 쉰다섯 살이 되고 건강이 대체로 좋아 심하게 아프거나 장애가 있지 않아도, 최근 세어본 바에 따르면 몸에 열 곳쯤 문제가 있을 수 있다. 위에서부터 아래로, 눈썹, 눈, 치아, 턱, 갑상선, 왼쪽 팔꿈치, 간, 말할 수 없는 부분, 왼무릎, 오른발…….

우리의 이방인들

1

사람들은 내게 이방인들이다. 내가 모르는 사람들은 나와 전혀 다른 습관을 가진다. 그 습관들은 나를 놀라게 하지만, 다른 사람들은 놀라게 하지 않는다. 아주 당연하게 여겨진다. 누군가는 사냥 클럽 회원이다. 다른 누군가는 식사 전 듀보네 와인을 즐기고, 한잔할 기회를 늘 놓치지 않는다. 이들은 나와 비슷하지 않고 서로와도 그리 비슷하지 않지만 모두 내게 이방인이라는 공통점이 있으니 나보다는 서로와 더 비슷한 듯하다.

그런데 내가 어느 빈집으로 이사하자 갑자기 내 옆집에 이방인이 생긴다. 나는 내 삶을 살고 옆집 사람은 그의 삶을 사는데, 우리는 공통점 때문에 가족 같은 관계가 된다. 가족 같기도 하고 같지 않기도 한데, 우리는 이방인으로 모여 일시적인 결속을 하지만 가족은 자주 서로 이방인이 되고 혈연으로만 결속한다는 점에서 그렇다. 이웃은 사촌이나 부모와 비슷해지기도 한다. 혹은 철천지원수, 우리 땅을 슬금슬금 넘어오는 참을 수 없는 존재가 된다.

2

여기 이 마을에서 내 옆집에 사는 남자와 그 아들은 나와 우리 집이 너무 불쾌해서 그들의 집에서 우리 집이 보이는 창문을 죄다 가려버렸다. 그것으로도 부족해서, 집 뒤에 짙은 누런색 시트를 걸어 내가 그 집 마당을 볼 수 없게 했다. 그러고도 분이 풀리지 않아 내가 시내에 간 사이에 옆집 아들이 우리 집에 몰래 침입했다. 물건을 훔치기 위해서가 아니라 부수려고, 그가 초대받지 못했던 곳에 들어가려고 왔다. 나는 앞문으로 들어서며 그가 뒷문으로 나가는 소리를 들었다. 그를 보지는 못했다. 그는 거의 보이지 않는다. 그 아버지는 아예 보이지 않는다. 내가 우리 집 정원에서 일하고 있을 때에만 가끔, 울타리 너머에서 그가 투덜대는 소리가 들릴 뿐이다.

3

또 다른 이웃은 동양풍 러그를 여럿 갖고 있는데 가끔 나는 그중 하나를 훔칠까 생각한다. 그녀에게 그 러그가 전부 필요하진 않다. 그녀의 거실에는 큰 러그가 있고, 통로에는 작은 러그들이 깔려 있고, 위층 침실에도 러그들이 더 있다. 우리 집은 대부분 맨바닥이다. 여름 동안 그녀는 블록섬에서 지낸다. 블록섬에서 내게 엽서를 보낸다. 그녀는 내가 정직한 걸 알기 때문에 내가 자기 집 러그를 훔쳤으리라 생각하지 않을 것이다.

우리는 함께 시간을 보내길 좋아한다. 저녁을 함께 먹는다.

그러나 내가 생각 중인 이 범죄는 그 완벽성 때문에 이루어질 수 없다. 그녀는 내가 그녀의 것을 훔칠 리 없을 테니 나를 의심하지 않을 테고, 나는 그럴 리 없을 테니 그럴 수 없다.

4

이 동네의 거의 모든 집이 이쪽이나 저쪽 이웃과 문제가 있다. 짖거나 울부짖는 개들, 밤새 환하게 켜놓은 전등, 가끔씩 시끄럽게 울리는 음악 소리, 가끔씩 들려오는 떠들썩한 파티 소리, 덤불과 나뭇잎 태우기, 폭죽놀이, 마당에서 울리는 전지형 만능 차의 굉음처럼 해마다 흔히 일어나는 문제만 있는 건 아니다. 사람들은 대개 이런 골칫거리는 참는다. 더 어려운 문제는 대지 경계선에서 일어나는 일과 관계가 있다. 이웃과 공유하는 대지 경계선은 매우 강한 감정적 대응이 집중되는 곳이다.

이런 문제들이 있다. 누군가 대지 경계선에서 몇 걸음밖에 떨어지지 않은 곳에 소형 실외 데크를 짓는다. 그들은 그 데크를 결코 옮기려 들지 않는다. 그들의 이웃은 더 이상 그들과 말을 하려 들지 않는다.

그리고 퇴비 더미 문제가 있다. 열렬한 정원 애호가인 이 이웃은 큼직하지만 깔끔하게 관리된 퇴비 세 더미를 도로와 자기 집에서는 멀지만 이웃집 뒷마당 경계선과는 가까운 귀퉁이에 쌓아놓는다. 이런 행동에 이웃은 무시당한 기분이 든다. 그는 그들과 더는 말을 하지 않을 것이다.

또 다른 동네 주민은 고양이들이 고양이 출입문으로 뒤 베란다를 들락거리며 자유롭게 돌아다니게 놔둔다. 우리는 그 집 고양이가 몇 마리인지 세다가 포기했다. 그는 고양이를 중성화하지 않으므로 이 고양이들은 번식을 한다. 여기저기 헤매고 다니며 길 양편의 집 마당들을 빠짐없이 방문한다. 길게 자란 풀 사이를 어슬렁거리며 문간 계단에 오줌을 누고, 작은 새들을 덮친다. 그러나 우리가 아는 한 그에게 불평하는 이는 아무도 없다.

한번은 대지 경계선에 세운 울타리 때문에 문제가 생겼다. 울타리를 두르는 게 무례해 보였고, 울타리 양면 중 더 보기 좋은 쪽이 이웃에 보이도록 세우지도 않았다. 울타리를 세울 때에는 예의와 화해의 제스처로 보기 좋은 쪽이 이웃에 보이도록 하는 것이 에티켓이다.

한 이웃은 대지 경계선 근처에서 실외 깡통 난로에 역겨운 물질을 태운다. 경찰이 불려 온다. 그에 대한 보복으로 경찰에 전화한 사람의 현관문이 심하게 손상된다.

한 이웃은 대지 경계선 주변에서 불쾌한 일을 하진 않지만 적대감을 말없이 드러낸다. 그 집 진입로의 나무 몸통에는 나무판자 하나가 못 박혀 있고, 소총 그림과 함께 이런 문구가 있다. 우리는 911에 신고하지 않는다.

한 동네 주민은 대지 경계선을 잘못 알아서, 한 발 정도 넘어가 이웃집 땅에 백합을 심었다. 이웃에게 정확한 경계선 위치를 지적당하고 나서 그는 백합을 뽑았고, 이웃은 "출입 금지" 표지판을 그의 집을 향해 서 있는 나무들에 달았다.

5

일단 관계가 나빠진 이웃들이 관계를 개선할 방법을 찾는 일은 드물지만, 가끔 그런 일이 일어나긴 한다.

우리가 사는 길에서 조금 위로 올라가다가 개울을 건너는 다리 직전에 사는 친구들이 진입로를 공유하는 이웃에 대해 우리에게 얘기해주었다. 이 친구들 집에 가려면 왼쪽에 있는 이웃집을 지나 언덕 꼭대기까지 가야 한다. 그곳에 하워드와 진저의 오래된 농가 주택이 연못 사이에 있다. 20년 전 두 사람이 이사 왔을 때 자녀가 여섯 있었고 가족끼리 시간을 보내고 싶었다고 진저는 말한다. 그들은 가까운 마을에서 사교적인 삶을 살다 지쳐서 이곳으로 왔다. 평화롭게 조용히 지내고 싶었고 이웃과는 조금도 엮이고 싶지 않았다. 그러나 진입로 아랫집의 어린 소녀는 언덕을 올라와 이곳, 저곳, 곳곳에서 자전거를 타는 습관이 있었고 테니스장에서도 탔다. 이전에 살던 사람들은 신경 쓰지 않았던 듯했다. 진저와 하워드는 그 상황이 달갑지 않다고 이웃에게 알렸고, 진저에 따르면 그때부터 관계가 나빠졌다. 나쁜 관계는 여러 해 지속됐다.

진저와 하워드가 막내딸을 위해 말을 샀을 때에도 상황이 나아지지 않았다. 말이 자꾸 달아났다. 그들은 전기 철조망을 설치해보기로 했다.

방목장에 철조망을 두르는 데 여러 날이 걸렸다. 그동안 말은 마구간에 갇혀 있었고 갈수록 안절부절못했다. 튼튼하고 활동적인 말이었다. 경주마였다.

드디어 그들은 철조망 설치를 마치고 말을 목초지에 풀었다. 말은 억눌렸던 에너지로 가득했던 데다 너무나 달리고 싶었던 터라 곧장 철조망을 향해 뛰었다. 강력한 전기 충격을 받고 혼비백산해서 울타리를 부수고 이웃집으로 내리 달렸다.

이웃집 마당에서 날뛰다가 길로 나갔다가 다시 이웃집을 통과해 숲으로 들어갔다 나와서는 몇 시간 동안 달리다가 결국 지치고 허기진 상태로 마구간으로 돌아왔다.

이웃집에는 개가 있었다. 매우 독특하게 짖는 복서종 개였다.(진저는 그 소리를 흉내 낸다.) 개 짖는 소리가 자주 들렸다. 훌륭한 감시견이어서 사람이 찾아와도, 길 잃은 동물이 지나가도, 천둥 번개가 치고 비가 와도, 그 외 다른 중요한 사건들이 일어나도 주인에게 알렸다.

말이 탈출했다 돌아오고 1년이 흐른 뒤, 나쁜 감정이 여전히 팽배하고 이웃집 사람들이 그들과 말도 안 할 때 진저와 하워드는 말이 이웃집 마당을 난폭하게 밟아대는 동안 그 집 개의 발을 밟아서 부러트렸고 치료비가 1,400달러에 달했다는 이야기를 두 집을 모두 아는 지인으로부터 들었다. 진저와 하워드는 믿을 수 없었다. 보통은 시끄럽기 짝이 없던 개가 작은 소리조차 내지 않았고 이웃도 아무 말이 없어서였다. 이웃은 그들에게 결코 치료비를 청구하지 않았다.

그러나 이제는 상황이 달라졌다. 하워드가 죽어가고 있다. 보행 보조기를 사용해 여전히 걸어 다니고 베란다에 앉아 있는데, 대개 정신은 온전하다. 식욕은 왕성하지만 음식이 그냥 그를 통과해버린다. 더 이상 음식을 소화하지 못한다는 말이다. 몸이 앙상하게 야위고 약해져서 어쩌면 반년도 살지 못할 것 같다. 오전에는 그를 돌보러 오는 여성이 있긴 하지만 진저는 출근을 해야 하고, 하워드는 하루 중 많은 시간을 혼자 보낸다. 결국 진저는 이웃에게 도움을 청해야 했다. 그들에게 머뭇거리며 물었다. 혹시 가끔 그를 살펴봐줄 수 있느냐고. 그들은 그렇게 한다. 진입로를 걸어 올라와서 그에게 필요한 것이 있는지 보고, 먹을 것을 들고 와 함께 앉아 이야기를 나눈다. 나쁜 감정이 서서히 사라져간다.

6
이웃들은 큰 호의를 베풀 수도 있다.
늙은 조핸은 정신이 희미해져가지만 그의 아내 그레이스는 여전히 총명하고 활동적이었을 때, 조핸이 너무 지루해하고 불안해했기 때문에 그레이스는 집안일을 조금도 할 수 없었다. 조핸은 텔레비전 시청밖에 할 일이 없었고, 금방 지겨워할 때가 많았다. 그래서 이웃에 사는 거티가 소일거리를 들고 찾아오곤 했다. 조핸이 좋아했던 일은 1페니짜리 동전을 세어 은행에서 준 원형 종이 통에 집어넣는 일이었다. 통을 다 채우면 거티가 와서 가져갔다. 가끔은 동전이 없을 때도 있었다. 그러면 거티는 집에서 몰래 종이 통을 풀어 동전을 쏟아낸 다음 새 종이 통과 함께 그에게 다시 가져가곤 했다.

7

내 친구 잭과 신디에게도 도움을 주는 이웃이 있다. 어느 날 내가 그들을 찾아갔을 때 그들은 키우던 잉꼬를 영영 잃어버린 줄 알고 있었다. 잭은 자신이 여러 해 공을 들였는데도 여전히 사람을 무서워하는 그 새가 마음에 안 든다고 주장했지만, 새는 잭과 함께 쓰는 방에 앉아 잭이 주석 피리를 연습하는 소리에 귀 기울이며, 잭의 음악이 계속되는 한 쉬지 않고 짹짹거리며 노래하곤 했다. 그건 그냥 반사 행동일 뿐이라고 잭은 주장했다. 잭은 전 주인이, 그의 표현에 따르면 "무성의하게" 버디(Birdy)라고 이름 지었다는 그 새를 무시하는 말만 했었다. 그러나 이날 새가 사라졌을 때 그 누구보다 미친 듯이 끈질기게 찾아다닌 사람은 잭이었다. 결국 우리는 기운이 빠진 채 그가 새 버디와 함께 많은 시간을 보내던 그 방에 가만히 서 있었다. 우리가 조용해지자 무엇인가 할퀴고 긁어대는 작은 소리가 들려왔다. 새가 벽 속에라도 들어간 건가? 그러면 문제가 커질

터였다. 그러나 아니었다. 새는 책장에 꽂아둔 책들 뒤로 떨어졌고, 날개를 펴지 못해 날아오르지 못하고 있었다. 우리는 새를 찾아내 구조했다. 잭은 다정하다고는 할 수 없는 태도로 새를 꾸짖으며 새의 어리석음을 나무랐다.

그러고 나서 잭과 신디는 그들의 이웃과 그 새에 관한 이야기를 내게 들려주었다. 그들은 그 이웃과 잘 지내고 있었고, 그 이전에도 늘 잘 지냈다. 그들이 집을 비울 때면 그 이웃이 집 여기저기를 돌봐주었다. 집과 정원, 잭이 직접 지은 작은 손님용 숙소까지. 하루 넘게 집을 비울 때면 잉꼬도 돌봐주었다. 은퇴해서 시간이 많고 한가한 이 이웃은 집에 들러 버디의 모이와 물을 채워주고 새장 바닥을 청소했다. 그다음에는 무엇을 했을까? 그러고는 그 작은 방의 소파에 편안하게 앉아 자신이 가져온 신문을 집어 들고 새에게 큰 소리로 읽어주었다.

8

작년에 나는 버몬트의 산비탈에 사는 친구들을 방문했다. 그 집 뒤쪽과 한쪽으로는 사과 농부의 소유지가 펼쳐져 있었는데, 너른 과수원과 숲이 있었고 다른 나무들이 자라는 작은 숲이 띄엄띄엄 흩어져 있었다. 내 친구 집에서부터 시선이 닿는 곳까지 (어쨌든 내가 보기에는) 끝까지 완만하게 펼쳐진 언덕과 들판이 그의 땅이었다. 과수원은 멀리 떨어진 언덕 꼭대기에 있었다.

  친구들과 앉아 경치를 감상하고 있을 때 그들이 내게 이야기를 들려주었다. 그들이 이사 온 지 오래지 않은 어느 날, 사과 농부 이웃이 그들을 찾아왔다. 농부와 내 친구들은 도로에서 멀리 떨어져 집 뒤에 있는, 그때 우리가 앉아 있던, 판석 바닥이 깔린 작은 테라스에 앉아 있었다. 아마 와인 한 잔을 손에 들고 있었으리라 짐작한다. 내가 아는 한 이 친구들은 와인 한 잔하길 즐기지만, 내가 마실 준비가 됐을 때 얼른 꺼내 오는 법은 없다. 그들은 이야기를 나누며 나무들 사이로 보이는 풍경을 바라보았다. 내가 볼 때에는 언덕들이 멀리까지, 끝없이 구불구불 이어지며 펼쳐졌지만, 그때에는 대지 경계선 바로 너머, 농부의 땅에 높이 자란 단풍나무와 참나무 들에 가려져 잘 보이지 않았다. 조금 뒤 그 사과 농부가 이렇게 말했다. "저 나무들이 없으면 전망이 훨씬 낫겠어요." 내 친구들은 둘 다 말수가 매우 적어서, 함께 앉아 몇 분씩은 한마디도 하지 않고 가만히 있을 수 있는 사람들이어서 가끔씩 나를 불편하게 하곤 하는데, 아마 그 말에도 아무 대답을 하지 않았을 테고 그 뒤 대화는 정처 없이 이런저런 주제로 흘러갔을 것이다. 그러나 다음 날 아침 친구들이 일어나니 집 뒤 경계선 바로 너머에 남자들이 보였다. 그들은 나무를 베고 있었다. 그들은 결국 나무를 모두 베어냈다. 그들이 작업을 마치자 야트막한 언덕들이 구불구불 이어지는 탁 트인 전망이 나타났다. 전망이 정말 훨씬 좋아졌다.

9

도시에서 살 때 내가 거쳐 간 여러 아파트 중 하나에서 나는 옆집 이웃을 만난 적이 한 번도 없었다. 그들은 나이 든 부부였다. 아니, 그땐 내가 아주 젊었기 때문에 내게는 나이 들어 보였다. 그들은 복도 끝에 있는 내 아파트 바로 옆에서 살았지만 우리는 대화를 나눠본 적이 없었다. 아마 동시에 집에 들어가거나 나온 적이 없어서 그랬던 듯한데, 그것도 이상하긴 하다. 그러던 어느 날 세탁물 배달원이 그들에게 배달을 왔는데, 나는 집에 있고 그들은 없었다. 배달원이 문을 두드리고 벨을 누르는 소리에 나는 아파트 문을 열고, 옷걸이에 걸려 비닐에 싸인 옷들을 그들 대신 받아두었다. 그때는 지금보다 사람들이 서로를 더 신뢰하던 시절이었다. 나중에 나는 이웃집 초인종을 누르고 배달물을 건네주었다. 부부는 깜짝 놀랐고 공손했다. 고맙다고 머뭇거리며 내게 말했다. 그러나 나는 다시 그들을 마주친 적은 없다.

10

몇 년 뒤 내가 또 다른 건물 꼭대기 층에서 살 때 복도 맞은편에 매캐덤스 씨가 살았다. 매캐덤스 씨는 회색 푸들과 단둘이 살았다. 그 푸들은 테라스 모퉁이를 자꾸 뛰어다니며 내게 시끄럽게 짖어대는 동물이었다. 매캐덤스 씨는 그 개를 무척 사랑했다. 엘리베이터를 함께 타고 올라가거나 내려갈 때면 내가 아니라 그 개에게 말을 걸었다. 어쩌면 그녀에게는 개에게 말을 거는 것이 내게 말을 걸 수 있는 유일한 길이었는지 모른다.

엘리베이터를 함께 타는 것 말고, 나는 매캐덤스 씨와 그다지 교류가 없었다. 한번은 내 프랑스 친구가 나를 찾아왔다가 심심해서, 그녀가 파티를 열고 있던 맞은편 아파트에 갔다. 주로 중년의 사무원 같은 사람들이 모인 시끄러운 파티였다. 나는 집에 남았다. 내 프랑스 친구는 술을 많이 마셨고 그곳에서 한 나이 많은 여성을 유혹하려 했다. 그는 매캐덤스 씨 아파트에서 내쫓긴 뒤 술 취하고 화난 상태로 내 아파트 문으로 내팽개쳐졌다. 그러나 매캐덤스 씨가 그 일 때문에 나를 나쁘게 보지는 않았다.

또 다른 날 밤에 매캐덤스 씨가 내 아파트 문을 두드렸다. 울고 있었다. 개가 좀 이상했다. 그녀의 침대로 뛰어오르지 못했다. 자꾸 떨어졌다. 그녀의 오빠가 시내 수의사에게 그들을 태워다 주러 올 때까지 나는 그녀와 함께 앉아 있었다. 같이 술을 한잔했다. 내가 그녀의 아파트 내부를 본 것은 그때 딱 한 번이었다.

그 뒤 개는 용변을 보기 위해 매일 건물 밖으로 안겨 나와야 했다. 점점 약해졌다. 결국 매캐덤스 씨는 시내 동물병원으로 개를 다시 데리고 가서 안락사를 시켰다. 그날 벽 너머에서 소리가 들렸다. 그녀가 한 여자 친구와 술을 마시며 울고 있었다. 이따금 큰 소리로 이렇게 말했다. "난 겁쟁이야, 정말 겁쟁이야."

얼마 뒤 건물에 사는 나이 든 여성이 세상을 떠났다. 보니라는 붙임성 좋은, 작은 검정개가 처분돼야 할 처지에 놓였다. 개는 매캐덤스 씨에게 보내졌고, 그녀는 개를 다시 키우고 싶지 않다고 말했었지만 보니를 맡았다. 매일 같은 시간에, 그녀가 퇴근해 집에 온 뒤에 나는 산책을 데리고 나가주길 기다리며 통로를 탁탁 뛰어다니는 보니의 발톱 소리를 들을 수 있었다. 매캐덤스 씨는 보니를 좋아하는 것 같았지만 이제는 엘리베이터에서 개가 아니라 내게 말을 걸었다.

11

같은 해, 우리 아파트 건물에 사는 한 소년이 백혈병으로 몹시 아팠다. 여전히 학교에 다니긴 했다. 쾌활하고 통통한 작은 소년이었고 그 형도 쾌활하고 통통했다. 형제가 길 건너 공원에서 노는 모습이 보이곤 했다. 형제의 아버지는 근처 대학의 교수였다. 11월 어느 날, 소년은 너무 힘이 없어서 통학 버스에서 혼자 내릴 수 없었다. 운전사가 아파트로 와서 소년의 어머니에게 인터폰으로 연락했다. 그녀가 로비로 내려갈 때 마침 나는 엘리베이터를 함께 타고 있었다. 그녀는 내가 엘리베이터에 함께 있다는 사실을 모르는 듯했고, 너무 느리게 내려가는 엘리베이터의 문을 주먹으로 두들겨대기 시작했다. 문을 두들기다가 허공에 주먹을 흔들다가 다시 두들겼다. 문이 열리자 화난 얼굴로 뛰어나갔다.

크리스마스 직전, 나는 같은 아파트 건물에서 나이 든 러시아 의사와 그 아내가 여는 파티에 갔다. 이 의사는 젊은 시절에 러시아의 눈 오는 겨울을 뚫고 몇 킬로미터를 걸어 어느 젊은 시인의 아기를 받으러 간 적이 있었다. 시인의 집에 도착해보니 그녀는 지저분한 침대보 위에 누워 담배를 피우고 있었다. 이 시인은 나중에 매우 유명해졌다. 그 아기는 자라서 청년이 됐고, 제2차 세계대전에서 전사했다. 그 파티에서 내가 이 이야기를 듣고 나서, 파티가 끝나기 조금 전에, 누군가 백혈병에 걸린 그 어린 소년이 죽었다고 내게 알려줬다.

며칠 뒤 나는 소년의 아버지를 보았다. 덩치 크고 투박한 이 아버지는 서류 가방을 들고 건물 현관에 서서 한 이웃 부부와 이야기하며 울고 있었다.

식전 대화

남편이 식품 저장고에서 와인을 고르고 있다.
아내는 지글거리는 고기가 가득한 팬 옆에 서 있다.

남편: [우물우물].
아내: (노래하는 듯한 목소리로) 안 들려…….
남편: [우물우물].
아내: (이번에도 노래하는 듯한 목소리로) 여전히 안 들려…….
남편: (와인병을 들고 식품 저장고에서 나오며) 뭐라고?
아내: 안 들린다고.
남편: (아내 말을 끊으며) 나한테 또 뭘 시키는 거야?
아내: (놀라며) 뭐?
남편: 내가 와인 마셨다고 무안 주려는 거지?
아내: (영문을 모른 채) 아니! 무슨 말인지 안 들린다고 했는데.
남편: 아.
아내: 무슨 말 하고 있었어?
남편: 기억나지 않아.

아버지 물에 들어가시다

 살아 있을 때 그는 허리 높이까지 물에 천천히 들어가 잠시 서 있다가 팔을 옆으로 벌려, 손가락으로 물을 만지며 수평선을 바라보곤 했다. 그러다가 마침내 풍덩 뛰어들었다.

 우리는 기다린다. 그는 우리에게 살짝 굽은 등을 돌리고 우리와 가까운 물에 서 있다. 기미 낀, 핏기 없는 두 팔을 옆구리에 늘어뜨렸고, 두 손은 수면에서 조금 떨어져 있다.
 그러다가 두 손을 함께 모으고 물에 뛰어든다. 우리는 한 걸음 물러선다.

 그러나 죽은 뒤에는 다르다. 그는 잔물결도, 찰랑이는 소리도 거의 없이 물을 가르며 나아가고, 물은 조용히 그 위를 덮는다.

열차간의 짜증스러운 학자

아, 제발 조용히 좀 해주세요! 제가 지금 아르마냐크어로 된 이야기를 읽으려 애쓰고 있어요. 아르마냐크어는 제가 처음 접하는 오크어의 한 방언이고, 쉽지가 않아요! 제가 프랑스어를 아는데도 이해하기 힘든 이야기들이 있고, 몇은 전혀 이해할 수 없다고요.

하지만 이건 프랑스어가 아니에요! 설명해드리지요. 오크어는 프랑스 남부와 남서부의 오랜 토착어이고, 더 남쪽으로 프랑스 국경을 넘어, 그러니까 피레네산맥 너머 스페인에서도 쓰입니다. 그리고 오늘날에도 프랑스인 1,500만 명이 사용하는 오크어에는 네 개의 주요 방언이 있어요. 프로방스어, 북프로방스어, 리무쟁어, 가스코뉴어. 가스코뉴는 프랑스 남서쪽 귀퉁이에 있지요. 그러니까 이 언어는 프랑스어가 아니라고요. 오크어 중에서도 가스코뉴 방언이고, 게다가 여러분이 조금 조용히 해주신다면, 지금 제가 읽고 있을, 아니 읽으려고 노력하고 있을 이 이야기들은 가스코뉴 방언의 특정 갈래인, 오슈 지방의 파투아(patois)로 쓰였어요.

파투아가 무엇인지 여러분에게 아주 쉽게 정의해드릴 수는 없어요. 특히 여러분이 이렇게 떠드신다면 말입니다. 하지만 지방색이 훨씬 강한 언어의 유형이라고만 말씀드리지요. 프랑스 시골 지방 중에서도 **아주 작은** 일부 동네에서 사는 지방 사람들이 쓰는 특별한 말입니다. 사실 제가 최근 알게 된 바에 따르면 파투아라는 용어에는 경멸이 담겨 있고, 지방 사람들의 말투를 멸시하는 사람들이 주로 쓴다더군요.

오슈에 대해 말씀드리자면, 오슈는 아르마냐크 중심에 있는 도시예요. 그리고 여기에서 아르마냐크란 옛 군주제 시절에 영토를 확장했고 현재의 제르 데파르트망(département)˙ 전체와 어느 정도 일치하는 지역을 말합니다. 제르의 주민들은 제르주아(Gersois)라 부르는데, 발음하기 매우 힘든 단어예요.(첫 번째 s는 "z"로 발음하고 두 번째는 묵음이지요.) 제르는 제르강에서 따온 이름으로, 길이가 180킬로미터인 제르강은 피레네산맥에서 발원해, 흐르는 물이 그렇듯, 아래로 흐르지만 동시에 북쪽으로, 여러분이 아마 위로 여길 만한 방향으로 흐르며 데파르트망 세 곳을 통과해 가르콘강과 합류한답니다.

이 이야기들은 제가 이해할 수 있을 때에는 꽤나 생생하고 흥미로운 듯합니다. 유령과 묘지, 돼지와 신부들과 관련된 이야기도 있어요. 여러분도 제 주위에서 그렇게 시끄럽게, 계속

˙ 프랑스의 행정구역 단위.

떠들지 않는다면 이 이야기들을 재미있어하실 겁니다. 하지만 이 이야기들을 읽기가 더 힘든 이유는 이들이 한 개인이 쓴 것이 아니라, 큰 소리로 암송되고 받아 적은 민담이기 때문이지요. 그리고 이 사본은 최근이 아니라 19세기 중반에 기록됐어요. 게다가 발음 나는 대로, 받아 적는 사람의 귀에 들리는 대로 쓴 것인데, 이 사람은 단어의 철자들을 자기 마음대로 썼다고요. 몇몇은 어디에서도 뜻을 찾아볼 수 없어요. 찾아볼 사전이 없단 말입니다.

더욱이 제 책은 오래된 1867년 판본의 복제본이에요. 여기저기 글자가 희미하고, 몇몇은 빠져 있어요. 이 판본을 펴낸 이는 이렇게 사과합니다. "독자들은 한편으로는 가독성이 조금 부족한 점을, 다른 한편으로는 지난 수십 년 동안의 손상으로 인한 불완전함을 부디 용서해주시길 바랍니다. 지은이들의 기억과 작품의 질을 고려하며 원작의 특징을 살리는 것이 적절하다고 생각했습니다."

"그러니 제발 좀."

풍경 속의 우연한 만남

이중초점 안경을 쓰고 이 하나가 빠진 여자가
어느 흐린 날에
선글라스를 쓰고 이 셋이 빠진 여자에게
길을 물었다.

배신(피곤한 버전)

사실 가끔 내가 가장 원하는 것은 혼자 있는 것이다. 내가 극도로 피곤해서인가? 그럴 때 내 남편이 아닌 다른 남자와의 관계에 관한 공상은 내가 혼자 남겨지는 것과 관련 있다. 공상 속에서, 내가 아직 구체적으로 누구인지 정하지 않았다면 가끔 얼굴 없이 등장하기도 하는 애인이 집으로 찾아오고 나는 그에게 가라고 말한다. 저리 가. 예의를 차릴 필요도 없다. 꺼져. 그러면 나는 혼자 있을 수 있다. 쉴 수 있다. 그러나 물론 공상의 중요한 부분은 그가 나와 함께 있으려고 찾아온다는 것이다.

아무튼 나는 나에게 묻는다. 내가 이렇게나 피곤하다면 어떻게 더 활동적인 일을 꿈꿀 수 있겠어? 너무 피곤할 때면 누구하고도, 소파에 나란히 앉아 있을 뿐이라 해도, 함께 있는 공상을 하진 못하지.

사실 가끔 내 가장 간절한 소망은 완전히 혼자 남겨지는 것이다. 연인이 집으로 찾아올 테고 나는 그를 돌려보낼 것이다. 꺼져. 예의를 차릴 필요도 없다.

하지만 연인에게 저리 가라고 말하는 공상이라 해도, 공상 속에서 남편이 모르는 다른 남자와 관계를 갖는 것은 여전히 옳지 않은 것 같고, 그 공상도 여전히 배신 같다.

버라이즌 통신사 상담원과 나눈 전화 상담의 결말

내가 말한다. "당신의 성함을 알아두면 좋을 것 같은데요……."

그녀가 말한다. "셸리예요…… 바이런, 키츠, 셸리 할 때 셸리요."

"어머! 저도 그 사람들을 좋아하는데, 반갑네요!" 내가 말한다.

"아, 네." 셸리가 말한다.

"저는 제 이름이 키츠면 좋겠어요……." 내가 덧붙인다. "하지만 그게 아니라……."

"저도 그렇습니다!" 그녀가 말한다. "버라이즌 무선통신을 사용해주셔서 감사합니다!"

러그 이야기에 관한 설명*

상황을 분명히 해두자면,

서로 이웃인 두 부부가 있다.

한 부부는 여자의 이름이 데이비스이고 한 부부는 남자의 이름이 데이비스다.

두 사람은 친인척 관계가 아니다.

두 사람은 러그 문제에서 우유부단하다.(러그 문제에서만이 아니긴 하다.)

이 특정 상황에서 두 사람의 배우자들은 주변 인물이며 러그 문제에 뚜렷한 의견이 없는 듯하다.(그러나 왜 그런지는 분명하지 않다.)

남자 데이비스의 아내는 진입로 장면에만 나오고, 우체국 장면에는 나오지 않는다.

여자 데이비스의 남편은 딱 한 번 나오는데, 러그에 관한 그의 의견이 언급될 때다.

• 작가가 이전에 발표한 이야기집 『못해 그리고 안 할 거야』(이주혜 옮김, 에트르)의 「두 데이비스와 러그」를 말한다.

개미

이걸 동료라 부른다고? ……작은 점 하나만도 못한걸.
그렇지 않아. 작은 점 몇 개만 해. 그리고 움직여. 더듬이도 흔들잖아. 생각하는 것처럼 보여.

그들은 개미 한 마리에 대해 이야기하고 있다.

그녀는 개미들이 조리대로 나오면 관찰한다. 개미들은 그녀가 남긴 작은 얼룩을 갉아 먹는다. 혹은 사과 조각을 향해 걸어간다. 이쪽이나 저쪽으로 출발한 다음 마음을 바꾼다. 그녀가 입김을 불어대면 단단히 버틴다. 가끔은 놀라서 달아나는 것처럼 보인다. 물 한 방울 주위에 모여 물을 마신다.

그녀는 그들이 어떻게 보면 동료 같다고 느낀다. 그에게 그 말을 한다.
그러니까 문제는 부러진 연필심만큼 작은 것을 동료라 부를 수 있는가이다.

딱 한 마리만 있다면 동료 같을 수 있다고 그녀는 말한다. 하지만 그들이 싱크대 위 벽에 (별자리처럼) 퍼져 있을 때면 그다지 동료 같지 않다. 그들에게는 서로가 있으니까.

특히 그녀가 말도 할 수 없을 만큼 피곤할 때 개미 한 마리는 좋은 동료다.

그런데 당신이 개미를 동료라고 부를 수 있다면, 반려(companion)라고도 부를 수 있어?

그건 조금 더 힘들지.

그래도 프리츠와 힐데가르트가 우리에게 해준 이야기가 있잖아.

전쟁 중이던 어느 해 크리스마스에, 두 사람이 미국으로 오기 전에, 먹을 게 별로 없었어. 그들은 주로 아파트에 있어야 했지. 아직 애들이 없을 때였어. 무섭고 외로웠지. 식사 시간마다 그들이 식탁에 앉으면 파리 한 마리가 웅웅 날아다니며 음식 여기저기에 앉았어. 그들은 그 파리에 익숙해졌지. 결국 그 파리는 반려 생물 같은 것이 됐어. 파리를 위해 음식을 따로 접시에 담아 내놓기도 했다는군.

그런데 크리스마스 날에 파리가 식탁 위에 죽어 있었어. 두 사람은 마음이 찢어졌지. 힐데가르트는 울었어. 아니, 두 사람 다 울었다고 했나.

하지만 기억나? 몇 년 뒤에 우리가 그 집 아들을 콜먼스 집에서 만났을 때 그 이야기를 꺼냈더니 아들이 얼굴을 찌푸렸잖아. 기억나? 어깨를 으쓱하며 아마 사실이 아닐 거라고 했어.

나는 그게 대체 무슨 말인지 모르겠어. 부모가 그 얘길 지어냈다는 거야? 아니면 엄마가 그런 일이 있었다고 생각할 뿐이고 아빠는 그냥 엄마한테 맞장구쳤다는 거야?

아내가 주니족인 아들이었지. 우리는 그 아들보다 아내를 더 좋아했어.

맞아. 그런데 주니족이 아니라 테와족이었어.

아무튼 좋은 이야기였어. 사실이었을 수도 있고.

기억나? 그 부부가 당신에게 90에이커 면적의 임야를 물려줄지 모른다고 생각했던 거. 그들이 자식들과 멀어졌다는 이유만으로 말야.

그래, 하지만 그 사람들은 우리를 정말 좋아했어. 우리가 채소 수확을 도와준 적 있잖아. 기억나? 그때 두 사람은 나이가 많이 들었지. 그 채소들 때문에 전전긍긍했어. 우리 모두 가서 그 채소를 거두는 일을 도왔잖아. 내 생일이었어. 그래서 애들이 둘 다 집에 와 있었고.

  수확을 한 게 아니라 잡초를 뽑았지.

  어쩌면 당신 말이 맞을 거야. 그들은 잡초를 제때제때 뽑지 못했으니까.

  당신은 늘 사람들이 당신에게 돈이나 부동산을 남길 거라고 상상하더라. 잘 알지도 못하는 사람들인데.

  딱 네 번이었어.

  그래서 그중 누구라도 뭘 좀 남겼나?

  그중 한 사람은 죽은 지 오래지 않아. 두 주밖에 안 지났어. 아직 유언장이 공개되지 않았지.

그람시

한 친구가 전화로 그녀에게 지성의 비관주의와 의지의 낙관주의에 관해 말하고 있다. 두 사람 모두 그녀가 휴일 동안 읽은 내용 때문에 지금 그런 상태일지 모른다고 생각한다.

통화하는 동안 그녀는 메모장에 "그람시"라고 적는다.

그녀가 전화를 끊은 뒤 그가 다가와 수상쩍다는 듯 메모장을 흘끗 보며 단어를 읽는다. 그는 그녀의 친구가 비싼 브랜드의 옷을 추천했을까 봐 불안하다.

"그람시가 뭐야?" 그가 묻는다. "디자이너인가?"

"아니." 그녀는 그를 놀라게 하고 싶다. "이탈리아의 마르크스주의자." 그들은 집에서 **마르크스주의자**라는 단어는 자주 쓰지 않는다.

그는 자리를 뜨지만, 그녀는 그의 표정에서 그가 여전히 수상쩍어한다는 것을 알 수 있다.

불쑥 끼어들어 죄송해요

—혹시 도자기 표면을 재처리해보신 분 계신가요?
—작년 겨울에 포대에 모아둔 낙엽 필요하신 분?
—이 지역의 좋은 치과 의사 그리고/또는 치주과 전문의 추천 부탁드려요. 감사합니다!
—이 지역의 피부과 전문의를 추천해주실 분?
—혹시 이 지역의 척추 지압사 추천해주실 분 있나요?
—불쑥 끼어들어 죄송합니다만, 저희 몇 사람이 무더운 기숙사에서 살게 되어 선풍기 몇 대를 빌리고 싶습니다. 회전이 되면 더 좋아요.
—혹시 르네 플레밍이 나오는 〈메리 위도〉 고화질 영상을 보고 싶은 분 있나요?
—어제 모임에서 누가 우산을 놓고 갔어요. 안내 데스크에 보관 중입니다.
—혹시 유아용 침대 필요하신 분?
—불쑥 끼어들어 죄송합니다만, 대형 이사 박스 여섯에서 여덟 개 구합니다.
—카약 팔아요. 관심 있는 분, 베티에게 전화주세요.
—쓸 만한 아이맥 있어요. 상태 괜찮습니다. 글이 술술 써져요.
—혹시 동네 낙농장과 조금이라도 개인적 친분 있는 분 계신가

요?
―사용하지 않을 '오클라호마' 티켓을 갖고 계시면 몇 장 사고 싶습니다.
―트럭 하역 작업을 돕는 업체를 써보신 분 있나요?
―각도 조절 가능한 이젤(아래) 있습니다. 수채화에는 수평으로, 파스텔화에는 앞으로 기울여서 사용할 수 있어요.
―소파와 어울리는 갈색 쿠션 두 개가 딸려 있고 높이가 낮은 소파예요. 좋은 주말 보내세요!
―연락 주신 모든 분께 감사합니다. 책장 팔렸습니다.
―돼지 목살 판매 완료. 감사합니다, 여러분!
―11월 23일 결혼식에 쓸 의자를 구합니다. 호라•를 추는 동안 임신한 신부를 지탱할 튼튼한 의자를 찾습니다. 혹시 빌려줄 분 계신가요?
―성인 여성 간병인을 찾습니다. 자차 소유 필수.
―수탉 드림. 새로 들여온 우리 암탉 무리 사이에 뜻밖에도 수탉이 한 마리 있었어요. 3개월쯤 됐어요.
―불쑥 끼어들어 죄송해요. 주름 통 모양으로 펴지는 갈색 서

• 루마니아 등 남동유럽 지역의 결혼식에서 추는 원무.

류철 필요하신 분?

—안녕하세요. 저희 거북이 8월 초에 제가 출장 간 동안 집에 서너 번쯤 들러 상춧잎을 떨어뜨려주실 분을 고용하길 원합니다. 혹시 관심 있는 분을 알고 계시면 거북 대신 저한테 연락 주세요.

—해충 구제 업체 구함. 빈대 전문 업체 특별 환영. 저희는 지금 이탈리아에 있어야 하는 상황인데, 해결이 매우 시급한 문제입니다.

—불쑥 끼어들어 죄송해요. 서류철 나눔 완료했어요.

—안녕하세요. 제가 대형 사진을 새로 작업 중인데 작품을 위해 정원에서 자란 작은 장미꽃이 필요합니다. 마르멜루 열매도 좀 있으면 좋겠어요!

—저희가 새집으로 이사할 때 트럭에서 짐 내리는 걸 도와주실 분 찾습니다.

—8월에 제 통나무집 칠을 도와주실 팀을 찾아요.

—불쑥 끼어들어 죄송해요. 몇 가지 판매합니다. 유리판 깔린 책상 하나, 아령 세트 하나, '파운딩 파더스' 보드게임 하나.

—영미 플러그 변환기 빌려주거나 파실 분 있나요? 기기는 영국식, 벽면 콘센트는 미국식입니다.

―우리 학교에 머무는 해외 방문학자 세 분이 소포를 잃어버리신 것 같아요.

―신입생들이 쓸 만한, 사용감 적은 3공 바인더 40개 이상 필요합니다. 두께는 15밀리미터에서 50밀리미터 사이면 좋겠지만, 갖고 계신 바인더라면 무엇이든 괜찮습니다.

―두 여성 음악가가 반려견 친화적인 아파트를 세놓습니다.

―행방불명된 작은 소포를 찾고 있어요. 혹시 여러분 사무실의 먼지 쌓인 구석에 숨어 있지 않나요?

―불쑥 끼어들어 죄송합니다만, 교수님과 제게 보리지 허브가 차고 넘칠 정도로 많아요. 무엇에 쓰면 좋을지 알려주세요.

―루드르 앞으로 온 작은 소포를 여전히 찾고 있습니다.

―위장병 전문의 관련 정보 주신 모든 분께 감사드려요.

―기록 보관 담당자에게 온 소포를 분실했습니다. 사우스 H. 음주협회 송년 파티를 찍은 사진 한 장이 들어 있어요.(프랜시스가 시계와 파이프를 들고 있는 사진입니다.)

―〈사랑은 미친 짓〉 토요일 공연 티켓 여분 두 장 있어요. 두 장 함께 팔아요.

―이사할 곳 찾아요. 큰 건물 뒤에 딸린 작은 오두막 같은 집이면 좋겠어요.

―우리 학생들과 함께 호두 잉크를 만들고 싶은데, 호두나무가 있는 분 중 호두를 나눠 주실 분이 있나요?
―10월 결혼식을 위해 메이크업 경력자를 찾습니다. 총 네 명의 여자가 메이크업을 받을 예정입니다.
―오래된 집에 방치됐던 굴뚝을 손봐주실 굴뚝 석공 찾아요.
―헝가리에서 온 방문학자가 소박하고 깔끔한 주거지를 찾아요.
―고무 오리 구함. 가지러 갈게요.
―강가 어딘가에 이사 갈 집 구해요. 불편해도 괜찮아요.
―동료 직원 여러분, 제 딸의 계산기가 죽었습니다.
―잉크젯 카트리지 한 상자 있어요. 좋은 가정에 무료 입양합니다.
―혹시 갖고 계신 자동차 루프톱 카고 캐리어에서 해방되고 싶은 분?
―중고 바인더 갖고 계신 분 있나요?
―무거운 물건을 잘 들어 올리는 동네 사람을 찾습니다.
―〈사랑은 미친 짓〉 티켓이 두 장 더 있어요.
―호두 구했습니다.
―고장 난 물 펌프 수리할 만한 분 계실까요?

—큰 가구를 운반할 건장하고 신중한 사람 둘을 구합니다.

—저희는 공연을 보러 가려는 외국어 강사 두 사람입니다.

—수탉 잃어버리신 분 계시면 마리에게 전화 주세요.

—정직한 우표 딜러 추천해주실 분?

—아주 오래된 독일 피아노를 적정 가격에 조율해주실, 솜씨 좋은 동네 피아노 조율사를 찾습니다.

—휴대용 바둑 세트 구합니다.

—안 쓰는 계란 상자들 구해요.

—실력 있는 스쿼시와 테니스 경기자가 함께 경기할 상대를 찾습니다.

—저는 피아노를 연주합니다. 〈크로이처 소나타〉를 함께 연주할 바이올린 연주자를 찾아요.

—안경 잃어버리셨나요? 제가 이 안경(아래 사진)을 발견했습니다. 이 글이 보인다면 들러서 가져가세요.

—불쑥 끼어들어 죄송해요. 다양한 이삿짐 박스, 포장 테이프, 버블랩 등 있어요. 필요한 분 가져가세요.

—계란 상자 구했습니다! 답글 주신 모든 분께 감사드려요!

—이번 주말에 제가 빌리거나 대여할 만한 비올라 갖고 계신 분? 클래식 음악이 아니라 피들 음악 연주용입니다.

―망원경 드림 완료.

―불쑥 끼어들어 죄송해요. 집을 옮길 예정인데 이사 박스가 필요합니다. 안 쓰는 박스가 있다면 알려주세요. 감사합니다.

―제게 차를 팔고 싶으신 분 있나요? 약간 화려한 스타일이면 좋아요.

―아들의 아이맥 자판의 'o' 자가 말을 듣지 않아요. 쓰지 않고 굴러다니는 오래된 아이맥 키보드 있는 분?

―딸이 얼마 전에 (1년쯤 된) 아이폰 5c를 떨어뜨려서 화면에 심하게 금이 갔어요. 저희가 교체하려다 문제가 더 심각해졌습니다. 아이의 계정을 옮길 만한 중고 아이폰을 구합니다.

―아들 녀석이 휴대폰을 떨어뜨려서(아니, 집어 던져서) 휴대폰이 작동을 멈췄습니다. 작동되는 중고 버라이즌 휴대폰 파실 분 있나요?

―제가 타던 스바루 임프레자 아웃백 스포츠 팔아요. 송진 자국 몇 개 말고는 전반적 상태 양호합니다.

―박식한 수목 전문가 추천해주실 분 있나요? 최근에 저희 집 앞뜰에 있는 큰 나무에서 커다란 가지가 떨어져서 길을 막고 있어요.

―리투아니아어 서류를 번역하실 분 구합니다.

—이사 박스가 엄청 많아요. 다양한 크기의 질 좋은 박스가 필요하신 분 제발 연락 주세요.

—새로 결성된 로드 러너 클럽이 회원을 추가 모집합니다. 매주 목요일 급수탑 밑에 모여 7시 정각에 달리기 시작합니다.

—주물 웍. 거의 새것.

—두껍고 편안한 주황색 러그 판매, 상태 아주 좋음, 딸이 싫증 내서 팔아요. 첨부 사진 참고하세요.

—주물 웍 판매 완료.

—가구 몇 점 판매 원합니다! 아래 사진 참조. 고양이 한 마리와 함께 사는 금연 가정에서 사용했어요.

—얼스터 발레단이 이번 주 수요일 크리스티나스 식당에서 십 앤드페인트(Sip and Paint) 기금 모금 행사를 엽니다. 취향에 따라 와인이나 음료를 마시며 그림을 그려요.

—아코디언 연주자 구함. 마리에게 연락하세요.

—안녕하세요, 집 다락에 곰팡이가 생겨서 곰팡이 제거 업체를 찾고 있습니다.

—이 지역의 치과 의사 추천해주실 분?

—보스턴에 있는 친구를 만나러 가는 프랑스어 강사가 차를 태워주실 분을 찾아요. 기름값을 지불하고 쿠키와 프랑스 음악

을 준비해 갈 거예요.

—치과 의사를 추천해주신 모든 분께 감사드립니다.

—상당히 큰 호주나무고사리 있어요. 저희 집은 나무고사리가 겨울을 나기에는 빛이 충분히 들어오지 않아서요. 빛이 좋은 실내 공간 있는 분?

—걸이식 폴더 모두 예약 중입니다.

—빈티지 리비어 슬라이드 영사기와 슬라이드 트레이 여섯 상자 내놓습니다. 아직도 작동해요!

—훌륭한 창문 수리공 알고 계신 분?

—판매: 오디오테크니카 단일지향성 무빙 코일 다이내믹 마이크, 오리지널 박스 포장. 스탠드 포함.

—아들에게 피아노가 필요합니다. 쓰지 않는 조율된 업라이트 피아노 갖고 계신 분 있나요?

—딸이 얼마 전에 바이올린 레슨을 시작해서 2분의 1 크기 활을 구합니다. 아이가 잡초처럼 자라서 곧 4분의 3 크기 활이 필요할 것 같아요. 귀엽고 성실한 아이예요.

—오래된 빨간 트렌치코트를 처분하고 싶은 분 계실까요? 조카딸에게 필요합니다.

—브러시 호그로 풀을 깎는 정원사나 잡역부 아시는 분?

―이 지역의 유능하고 차분한 발 전문가 추천 부탁드립니다.

―판매: 롤러블레이드, 여성용 사이즈 5, 무릎과 팔꿈치 보호대와 강습 포함. 한 번 사용.

―시내에 근사한 꽃집이 새로 생겼어요. 안 가봤다면 가보세요! 플로리스트의 안목이 대단합니다.

―누가 이 동네 치과 의사 추천해주실 수 있나요?

―더 이상 쓰지 않는 플라스틱 잡지/책자 꽂이 있는 분?

―여러분, 안녕하세요! 갈색 가죽 소파와 발받침, 회색 패브릭 의자 팔아요. 사진 첨부합니다. 근사한 하루 보내세요!

―아직 이사 박스가 필요하신가요? 저희가 막 이사 와서 박스가 많아요.

―보스턴에 있는 훌륭한 식당 추천해주실 분?

―중간 크기 상자 여덟 개 있어요. 관심 있는 분은 문의 주세요.

―이 지역에서 골동품 시계를 수선할 수 있는 믿음직하고 신뢰할 만한 사람을 찾고 있어요. 어떤 정보든 감사합니다!

―다시 불쑥 끼어들어 너무 죄송하지만, 일요일 아침 이사 전에 TV를 정말 처분하고 싶습니다. 가격 제안 부탁드려요……

―상자 처분 완료. 감사합니다!

―1월에 20명의 예술가 집단이 머물 단기 임대주택이 필요합

니다. 어떤 정보든 알려주세요.

—크리스마스에 맞춰 재봉틀로 퀸사이즈 퀼트를 완성해야 합니다. 정보 주시면 감사하겠습니다.

—추수감사절을 위한 애플파이를 아직도 팔고 있는 빵집이 있을까요?

—혹시 타자기 수집가 계신가요? 아니면 수집가를 알고 계신 분?

—샤퍼 이미지 스팀 소독기 오리지널 박스 포장, 미사용.

—제 이웃이 타던 차를 팔고 싶어 하는데 제가 광고를 올려드리기로 했어요. 믿을 만한 분들입니다.

—혹시 12월에 집과 반려묘를 봐주실 만한 분 알고 계실까요? 봐주시기로 한 분이 막 취소했어요.

—집 창고에서 소석고 6파운드가량과 결합제, 바셀린을 발견했어요. 필요하신 분 가져가세요.

—박사 후 연구원이 살 곳을 구합니다. 인문학 박사 후 연구원이 편안하게 지낼 곳을 찾아요. 독립 공간도 좋고 공동 공간도 좋아요. 상냥하고 예의 바른 사람입니다.

—온열 손잡이 달린 에어리언 926 프로 분사식 제설기 팔아요.

—침대를 하나 더 처분합니다.

―소석고 드림 완료!

―아파트에서 작은 벼룩시장 열어요. 남자 구두와 뜨개실, 여행 가방을 포함해 여러 품목을 판매합니다.

―좋은 부동산 중개인 아시는 분? 제 부동산 중개인은 이런저런 이유를 대며 집을 보여주지 않는 데다 대단히 유별나게 구네요.

―휴대용 가방이 있는 오하나 마호가니 소프라노 우쿨렐레. 상태 완벽. 거의 사용하지 않음.

―우쿨렐레 처분 완료! 감사합니다.

―진갈색 로퍼와 여행 지갑 판매 완료! 이 보트슈즈(딱 한 번 신음)를 포함해 다른 신발들은 여전히 구입 가능!

―디지털 사진 촬영을 위해 작은 예술품 한 점이 필요합니다. 촬영 장소는 자택이든 저희 집이든 괜찮습니다. 고맙습니다.

―조카가 세탁기와 건조기 팝니다. 아래 사진 참조.

―리틀로봇 II 고양이 자동 화장실(아래 참조) 판매합니다.

―구함: 우쿨렐레. 팔 생각 있으신 분?

―우리의 에너지 넘치는 개(와 손이 덜 가는 세 고양이)를 돌봐주실 책임감 있는 동물 애호가를 찾습니다.

―앞으로 2주 동안 플라스틱 물병(뚜껑 달린)을 최대한 수집할

계획입니다. 굴러다니는 물병 있나요?

—제 오디션 포트폴리오에 추가할 곡을 함께 작업할 피아니스트를 찾습니다. 관심 있는 분은 연락 주세요.

—바쁘신데 죄송합니다. 빈 정수기 물통(푸르스름한 대용량 물통) 구합니다.

—배관공 문의에 답변 주신 모든 분께 감사합니다! 워터타이트가 압도적 추천을 받았습니다.

—안녕하세요? 혹시 고급 전문가용 호른을 처분하고 싶은 분 계실까요?

—편안한 의자와 종이등은 예약됐어요. 다른 물건은 여전히 구매 가능합니다.

—좋은 아침입니다! 원어민 스페인어 교습에 관심 있나요? 저는 표준 라틴아메리카 스페인어와 표준 스페인어를 여러 해 가르쳤습니다!

—친구가 이 지역에서 임대할 집을 구합니다. 친구의 어머니가 교회에 걸어가실 만큼 시내와 가깝고, 마당(울타리는 있든 없든 괜찮아요)이 있고, 27킬로그램짜리 개를 키울 수 있어야 해요.

—20세기 초 중국에서 제작된 사랑스러운 초록 접시들이 있는

데 안타깝게도 납 양성반응이 나왔어요. 이 그릇들을 무엇에 쓸 수 있을까요?
―이 지역에서 명망 있는 라돈 저감 업체 추천해주실 분 있나요? 감사합니다!
―1구나 2구 핫플레이트를 갖고 계시면 제가 내일 빌릴 수 있을까요? 내일 밤에 돌려드릴게요. 연락 주세요!
―라돈 저감 업체를 알려주신 모든 분께 감사드립니다!
―핫플레이트 구했어요! 감사합니다.
―전문가용 중고 오버룩 기계 구합니다. 먼지 흡입 기능 있는 것 갖고 계시면 연락 주세요.
―여러분, 안녕하세요! 형광 초록 안전 재킷들(미디엄 사이즈)이 든 상자를 잘못 배송받았습니다. 저는 이 재킷들을 주문하지 않았어요. 주문하신 분은 연락 주세요. 실제로 주문했다는 증거도 보내주세요.
―배수 업체 구합니다. 이 지역에서 영업하는 배수 전문 업체요. 고맙습니다.
―안녕하세요, 불쑥 끼어들어 죄송합니다. 이번 주말에 몇 시간 동안 대여할 지게차와 운전자를 아시는 분 있나요? 알려주시면 감사하겠습니다.

―추가 판매합니다. 큰 쓰레기통 2, 중간 크기 쓰레기통 1, 중간 크기 파란 쓰레기통 3(씻어서 드릴게요), 자질구레한 통들, 아름다운 수공예 목제 외투걸이, 스노보드 2, 부기보드 1, 파란색 썰매 2, 샤갈 석판화, 호피 무늬 안감의 큰 여행 가방(흰 자국은 곰팡이가 아니라 흠이에요), 다양한 천 가방, 모조 양피, 모피 쿠션, 해골 쿠션, 크롬 화장실 휴지걸이, 프라페 제조기(1회 사용), 굴러가는 수공예 나무 강아지 인형(꼬리 움직임)과 나무로 만든 곰돌이 푸 핼러윈 문 장식(피글렛이 까꿍 합니다), 큰 액자에 담긴 반 고흐 그림 2, 만칼라 게임.

―올여름 지역에서 열리는 익스트림 발레 캠프에서 일하고 싶은 간호사분들을 구합니다. 자세한 문의는 이메일로 해주세요.

―수탉 한 마리 구해요. 얼마 전 여우가 저희 닭들을 살육했습니다. 처분하고 싶은 여분의 수탉을 갖고 계신 분 있나요? 우리의 귀여운 닭 레드와 염소들을 벗 삼아 행복하게 방목될 겁니다.

―오래된 서커스 트렁크 팔아요. 상태 좋습니다. 잠글 수도 있어요.

―안녕하세요, 혹시 본인이나 가족에게 혈관 전문가 진료가 필

요한 분을 위한 주의 사항입니다. K.의 혈관 분과 X. 의사는 찾아가지 **마세요**. 아주 오만하고 무례합니다.

— 수탉에 관해 답글 주신 모든 분께 감사드려요! 우리 암탉에게 짝꿍이 곧 생긴답니다!

— 전등과 깃발 각각 10달러에 팔아요. 전등은 일반 전구 사용합니다. 깃발은 표준 크기여서 그냥 달 수 있어요!

— 드림: 드럼 세트 중에서 사용감 있는 빨간 드럼 2. 진청색 융단을 두른 톰톰 드럼.

— 오보에 갖고 계신 분 중에 올여름 동안 오보에를 배워보려는 어린 학생에게 빌려주거나/주거나/대여해주실 분 계시면 좋겠습니다. 연락 주세요. 고맙습니다.

— 공연에 쓸 장식 벽난로 구합니다. 이런 모양(아래)이면 좋겠어요.

— 학교 연극부에서 하는 〈올리버〉 공연에 쓸 칠면조구이 모형 구합니다. 빌려주실 분?

— (붉은 대머리까지) 터키콘도르를 닮은 큼직한 모형 새를 구할 방법을 알고 계신 분? 실외용입니다.

• 허수아비는 특정 동물이 모여들지 못하게 한곳에 걸어두는 죽은 동물이나 모형 동물입니다.

- 허수아비는 제대로 걸어둔다면, (검은) 콘도르가 모여드는 걸 굉장히 효과적으로 막아줍니다.
- 허수아비는 멀리서도 보이게 높이 걸어야 합니다.
- 모형 새의 날개가 펼쳐지게 거꾸로 매달았을 때 효과가 가장 큽니다.

―좋은 아침입니다. 뉴트로 브랜드의 닭고기 기반 개밥 드려요. 저희 개가 좋아하질 않네요.

―감사합니다! 터키구이 모형 구했어요. 〈올리버〉 보러 오세요. 3월 24일 주말입니다!

―이 거북을 입양하실 가족 찾아요!

―개밥이 바닥났습니다. 답글 주신 모든 분께 감사드려요!

―상태가 아주 좋은 치터 처분합니다. 연주 교본 둘과 줄 한 통도 포함합니다. 관심 있는 분 연락 주세요.

―다들 안녕하세요? 저희 집 명랑한 비글 노견들을 돌봐주실 분을 찾습니다.

―이 지역을 방문하는 친구가 욕실을 사용할 수 있는 소박하고 깔끔한 방(성인 한 사람용) 하나를 구합니다. 어떤 정보든 환영합니다.

―치터가 새 가족을 찾았습니다. 감사합니다!

─검은색 낡은 학사복 처분하실 분 찾아요. 해지든, 찢기든, 꿰맨 자국이 있든 상관 없어요.

─좋은 아침입니다. 1유로당 1.13달러 환율로 미국 달러를 유로화로 바꿔주실 분 찾아요. 100~200유로화가 필요합니다. 감사합니다.

─이 지역에서 선외 모터 다루시는 분 찾아요. 저희 모터에 임펠러를 교체해야 할 것 같아요.

─다들 안녕하세요? 이번 주 일요일에 연주 파티를 열려고 해요. 전기 핫플레이트가 더 필요합니다. 하루 동안 빌려주실 분?

─아주 작을 때 데려온 금붕어 두 마리가 8센티미터와 10센티미터로 자라서, 18리터짜리 어항에서 키우기에는 너무 커졌어요. 와서 데리고 가실 분께 무료로 드립니다.

─일꾼(남자) 구함: 월요일에 튼튼한 어깨 둘이 필요합니다. 좁은 계단으로 가구 두 점을 운반해야 해요.

─새끼 거북 입양 보내요! 칠면조 고기를 잘게 썰어 주면 먹어요. 아마 질 좋은 거북 사료에도 적응할 겁니다. 거북을 잘 돌보려면 자외선과 깨끗한 물, 미네랄 보충제 두어 개가 필요합니다.

―불쑥 끼어들어 죄송합니다. 동네에서 믿을 만한 줄눈 시공 업체 추천받습니다.

―서랍 달린 옛날식 카드 파일 캐비닛 구합니다. 서랍 내부 폭이 15센티미터가 조금 넘어야 해요.(이끼와 지의류 견본을 담은 종이봉투 보관용입니다.)

―다들 안녕하세요. 새 차를 구입하려고 알아보는 중인데, 윌더니스그린이 마음에 드네요. 윌더니스그린을 실물로 보고 싶습니다. 윌더니스그린을 소유하고 있고 저희에게 보여줄 분이 계시다면 정말 감사하겠습니다.

―구명조끼를 아직도 처분 중입니다!

―아들이 쓸 드럼 세트(성인용) 구합니다. 갖고 계시다면 알려주세요. 아이가 막 드럼을 시작해서, 너무 비싸지 않은 것으로 찾습니다.

―사무실에서 쓰던 소형 큐리그 커피메이커(캡슐 커피 한 상자 포함) 드립니다.

―판매합니다: 호스 카트.(호스 포함) 이렇게 생겼어요.(아래 사진)

―커피메이커 드림 완료, 감사합니다!

―호스 카트 예약 중.

―지역 주민이 마흔 살 넘은 실내 식물 100~200그루를 입양할 새 가족을 찾습니다. 식물 종류: 선인장, 베고니아, 필리아페페, 고사리, 아라우카리아.

―만찬 테이블 장식용으로 썼으나 더 이상 필요하지 않은 소형 화병 70~80개가 있습니다. 전부든 일부든 필요한 분께 무료로 드려요.

―몇 가지 물건 팔아요: 심벌즈와 스탠드가 포함된 5피스 드럼 세트(피스 브랜드), $100. 크래프터 브랜드의 크루저 전기기타, 노란색, $75. 토끼장, 2층, 방 셋과 단 하나, $75.

―달걀과 염소 고기 판매. 날씨가 더운데도 이번 주에 암탉들이 매우 부지런했어요. 염소 고기에서는 바질 향이 날 수 있습니다.

―소형 화병 드림 완료. 다가오는 결혼식에 화병을 이용하실 M. 씨의 결혼을 축하합니다!

―트윈 매트리스 구해요. 제발 작별하고 싶은 괜찮은 매트리스가 있다면 알려주세요.

―업라이트 피아노를 포함해서 가구 두 개를 옮길 일손 두 사람과 트럭 한 대를 구합니다.

―저희 집 지붕 홈통을 청소해주시거나, 제가 청소하는 동안

도와주시거나, 사다리를 잡아주실 분 찾습니다.

—저희 개가 보이는 문제 행동에 도움을 주실 지역의 아주 노련한 동물 행동 전문가 또는 개 조련사를 구합니다. 어떤 정보든 대단히 감사하겠습니다!

—저희 연구를 위해 제비집을 짓는 제비들이 더 필요합니다. 혹시 집이나 소유지에 집을 지은 제비가 있나요?

—아주 배고픈 산누에나방 애벌레를 위해 풍나무 잎을 구합니다. 풍나무를 키우고 계시거나 어디에 있는지 알고 계시다면 저와 애벌레가 감사하겠습니다.

—제 목사관 아파트를 손봐주실 수리공을 추천해주시면 정말 감사하겠습니다.

—가까운 풍나무 위치를 알려주신 수많은 메시지에 감사드려요. 제가 생각했던 것보다 가까이 있었네요. 애벌레가 포식 중입니다.

—하와이로 가족여행을 계획하고 있어요. 혹시 하와이를 잘 알고 하와이에 대해 저와 이야기를 나누고 싶은 분이 계신가요?

—새 모이 1킬로그램 드려요. 왕관앵무 모이도 포함돼 있어요. 관심 있는 분 연락 주세요.

―관심 감사합니다, 여러분. 모이 드림 완료했어요.

―시카고 대학 졸업 가운, 상태 아주 좋아요. $20.

―부드러운 소재의 여행 가방 무료로 드리고 싶어요. 지퍼가 살짝 말을 안 듣는 것 말고는 괜찮아요.

―높은 책장 구합니다.

―수탉을 입양할 좋은 가정을 찾습니다. 약간 건방지긴 하지만 멋져요. 5개월령, 아메라우카나종.

―다들 안녕하세요. 공증인 인사드립니다. 저는 권리포기증서를 공증할 수 있는 공증인을 구하는 공증인입니다.

―불쑥 끼어들어 죄송합니다만, 제가 입을 신랑 어머니용 드레스를 수선해주실 분을 찾습니다! 추천 부탁드려요. 감사합니다!

―재봉사 구하시는 신랑 어머니께. 베이글 가게 근처 골목에 솜씨 좋은 한국 여자가 있어요. 극장 뒷문으로 가는 골목이요.(재봉사 이름이 진인데, 진은 이제 은퇴했답니다. 그래도 가게 이름은 여전히 진일 거예요.)

―죄송합니다만, 혹시 2주간 빌리거나 대여할 만한, 되도록 작고 수수한 밴조가 있을까요? 저희 밴조 연주자가 프랑스에서 오는데 밴조를 들고 오지 않아서요. 불쑥 끼어들어 죄송

해요!
─물건을 안전하게 포장할 오래된 신문지 구합니다.
─시골 별장에서 쓸 중고 세탁기 구합니다. 외양은 신경 쓰지 않아요.
─쓰지 않는 트윈 베드 판매합니다. 다리 달린 공기주입식 침대예요. 침대에 공기를 주입하면 다리가 펴지고, 공기를 빼면 자동으로 접혀요.
─혹시 깨끗한 벽돌 여섯 개 갖고 계신 분 있나요?

운전대 위의 손들

나는 운전대 위의 손은 10시와 2시에 있어야 한다고 안내 책자에 쓰여 있는 줄 알았다. 하지만 어쩌면 그건 내가 손을 10시와 2시에 두길 좋아해서인지도 모른다. 그러나 책자에는 손을 9시와 3시에 놓으라고 쓰여 있다. 그런데 남편은 보통 11시와 1시에 놓고 운전해서 나를 불안하게 한다. 그리고 가끔은 7시와 5시에 놓는데, 그건 더 심각하다. 혹은, 진짜 편안하게 운전할 때에는 그냥 5시에 둔다.

헤드라이트 속의 헤론

(지난 일요일)

— 뭐 새로운 야생동물 목격담이라도?

— 응, 있어! 내가 구불구불한 길을 운전해 시내로 가는데, 그레이트블루헤론*이 길 한복판에 있지 뭐야!

— (잠시 생각) 물가였어?

— 아니, 물은 어디에도 없었어. 길 양쪽 모두 숲이었거든. 정말 이상했어.

— 그 녀석이 대체 거기서 뭘 하고 있었지?

— 그냥 서 있던데.

— 도로에서 뭘 쪼아 먹고 있었어?

— 아니. 어쨌든 걔네는 살아 있는 물고기만 먹을걸. 주로 물에 들어가서 물고기를 찾고 있잖아.

— 맞아. 그래서 어떻게 했어? 차를 세웠어?

— 아니, 그냥 속도를 줄이며 다가갔지. 빵빵거리며 겁을 주고 싶진 않았거든.

— 그 녀석은 어떻게 했어?

— 음, 그냥 내 앞에서 도로를 따라, 도로 옆을 걸어갔어.

• 황새목 왜가릿과의 새.

―걸어갔다고?

―응, 빨리 걷긴 했지만 달려가진 않았던 것 같아. 마지막에 몇 미터쯤 날아올랐어. 날개가 아주 크더라. 그러고는 숲과 도로 사이 깊은 도랑으로 내려가던걸. 도랑이 아주 깊었어. 내가 있는 곳에서는 그 밑에 있는 헤론이 보이지 않았어. 내가 지나간 다음에 헤론이 어떻게 할지 걱정됐어. 다시 도로로 나올까 봐 말이야. 걔가 거기에서 무얼 하고 있었는지 모르겠어. 물가와 떨어진 곳에서 본 적은 처음이거든.

―어쩌면 무슨 이상이 있었는지 몰라.

(이번 주 일요일)

―뭐 새로운 야생동물 목격담이라도?

―(잠시 생각) 음, 내가 도로에서 그레이트블루헤론을 본 얘기 했어?

―응, 그 얘긴 했지. 그걸로 이야기를 쓸 수도 있겠네. '헤드라이트 속의 헤론'이라고 제목을 달 수 있잖아.

―하지만 그 녀석은 헤드라이트 속에 서 있지 않았는걸. 나는 헤드라이트를 켜지 않았어. 낮이었거든. (잠시 생각) '길 한복판의 헤론'이라고 부를 수는 있겠네.

―하지만 그 제목에는 두운이 없잖아.

―하지만 그땐 밤이 아니었는걸. 낮이었어.

―작가는 진실을 말할 필요가 없잖아.

―하지만 그러고 보니, 제목은 그렇게 달고 나서, 실제로는 헤드라이트를 켜진 않았다고 말할 수도 있겠―

―내 말을 듣고 있는 거야? 작가는 정직하지 않아도 된다니까. 반박을 좀 해봐.

―반박할 것도 없어. 내 말은―

―아.(웃는다)

―작가는 정직하지 않아도 된다는 건 나도 알아. 어쨌든 제목은 '헤드라이트 속의 헤론'이라고 달고 나서, 실제로는 낮이었다고 설명할 수도 있어.

결혼 생활의 짜증 나는 순간
보험

그녀는 그에게 무언가를 설명하려 애쓰고 있었다.

그녀의 말은 혼란스럽고, 모순되고, 앞뒤가 조금 맞지 않았다.

"꼭 **보험계약서** 같군!" 그는 그녀에게 말했다.

결혼 생활의 짜증 나는 순간
웅얼거림

"[웅얼웅얼]."
"안 들려."
"내 얘길 듣고 싶어?"
"아니."

아직은 링 라드너가 아닌

나는 예전부터 링 라드너 같은 스타일로 이야기를 쓰려고 애써왔다고 그에게 말했다. 그는 링 라드너 같은 스타일이 무엇이냐고 내게 물었다. 링 라드너는 풍자적인 이야기를 쓰는 작가야, 나는 말했다. 라드너는 일찍이 1920년대에 당신처럼 평범한 남자, 지식이 어중간한 부류의 미국인들에 대해 글을 썼는데, 물론 그 시절에 평범한 부류의 어중간한 지식인은 요즘과는 다르긴 해.

그다지 좋은 설명은 아니었다. 하지만 어쨌든 그는 이미 흥미를 잃었다. 그에게 얘기할 때에는 처음 몇 마디로 흥미를 붙잡은 다음 계속 붙들고 있어야 한다.

이틀 뒤 내 이야기를 그에게 읽어주었다.

그는 시작도, 끝도, 줄거리도 없는 이야기라고 말했다. 링 라드너였다면 썼을 만한 방식인지 물었다.

음, 아니, 나는 말했다. 나는 여전히 노력 중이야.

여러 해 전 동네 도서관에서 빌린 책에서 나는 꼭 링 라드너의 등장인물이 할 만한 독백과 아주 비슷한 편지를 발견했다. 남자는 플로리다에서 친구에게 편지를 썼는데, 봄철 훈련과 아내의 건강에 대해 이야기하고 있었다. 나는 그 편지를 잘 간

수했고 편지는 우리 집 어딘가에 있지만 그 뒤 다시 찾아내지 못하고 있다. 찾아내지 못한 채 시간이 흐르면 흐를수록 내 기억 속에서 그 편지는 더욱더 완벽한 링 라드너 스타일 이야기처럼 생각된다.

스타방에르 가는 기차에서

열차에 자리를 잡고 앉으면서 나는 이번 기차 여행에서 할 일 두 가지를 창밖 풍경 구경하기와 구어체 노르웨이어를 더 잘 이해할 수 있게 주위 사람들의 대화 잘 듣기로 정한다.

나는 몸을 앞으로 기울이고 앞자리에 앉은 두 사람의 이야기에 귀 기울이지만 때마침 그들은 대화를 멈춘다. 창밖을 내다보기 위해 왼편으로 몸을 돌리지만 때마침 기차가 터널로 들어간다. 나는 앞자리에서 다시 시작된 대화를 듣기 위해 다시 몸을 앞으로 기울인다. 두 사람은 내가 알아들을 수 없는 이야기를 한다. 그러다가 다음 역에서 한 사람이 일어나더니 다른 사람에게 작별 인사를 하고 내린다. 나는 "잘 가"라는 말을 알아듣는다. 다시 창밖을 보기 위해 왼편으로 몸을 돌리지만 창에는 김이 서려 있다.

또 다른 두 사람이 기차에 타서 내 앞 빈자리에 짐을 내려놓고 다른 객차로 가서 커피를 사갖고 와 함께 웃으며 수다를 떨기 시작한다. 말이 너무 빨라 이해할 수 없을 듯했지만 나는 잘 들어보려고 몸을 앞으로 기울인다. 하지만 갑자기 남자는 노트북을 열고 여자는 손에 아이폰을 꺼내 들더니 더 이상 대화하지 않는다.

그때 통로 건너편 두 자리 앞에 앉은 세 사람이 수다를 떨기 시작하지만 너무 멀어서 한 마디도 제대로 알아들을 수 없다. 그러더니 별안간 주변 사람 모두가 동시에 떠들기 시작해서 나는 하나도 알아들을 수 없다. 그러다가 갑자기 모두 조용해진다.

이러는 동안 나는 창밖 풍경을 사진으로 찍을 수도 있었을 텐데 하고 후회한다. 이를테면 멋지고 완만한 작은 골짜기가 있었는데, 거기의 하얀 집과 빨간 헛간 뒤에는 숲이, 앞에는 호수가 있었고, 이 모든 것 위로 햇살이 반짝이고 있었다. 하지만 나는 카메라를 들고 오지 않았다. 그 뒤에 전나무들, 덤불로 덮인 산비탈, 풀을 뜯는 양들이 나온다. 그리고 에게르순과 브뤼네 사이를 지날 때에는 고지대처럼 보이는 바위와 덤불 투성이의 황량한 풍경이 나와서 이곳 지리를 모르는 나는 우리가 산꼭대기를 지난다고 생각했다. 알고 보니 우리는 산꼭대기가 아니라 저지대 바닷가에 있었다. 기차 노선을 들여다볼 수 있는 상세 지도를 들고 올 수도 있었을 텐데 깜박했다. 이곳은 인구가 적고, 사실 거의 없고, 동물도 거의 없다. 동물은 노르웨이어로 뒤르(dyr)다. 들판의 바위들은 들판의 양들과 그리 달라 보이지 않는다. 그들의 사진을 찍을 수도 있었을 텐데 나는 아이폰조차 들고 오지 않았다.

얼마나 슬픈가?

나는 정말 얼마나 슬픈가?
내 눈은 한쪽만 울고 있다.

주름

오래전 내가 젊었을 때, 나이 든 엄마는 자신이 내 나이였을 때에는 눈꺼풀에 **주름**이 생길까 걱정했다고 웃으면서 말했고 나는 그 일을 일기에 썼다. 엄마의 말을 일기에 쓸 때 나는 스물아홉, 엄마는 일흔셋이었다. 그때 나는 내 눈꺼풀에도 주름이 있는지 알지 못했다. 그때 쓴 것을 읽고 있는 지금, 나는 일흔두 살이다. 엄마에 대해 말하자면, 엄마는 떠났고 항아리에 담겨 위층에 있다. 엄마의 눈꺼풀도 나머지와 섞여 이제 재가 됐다.

한 어머니의 헌신

아이가 건강하고 행복하기 위해서라면 내 오른팔을 바칠 거야.

글쎄, 어쩌면 오른팔은 아닐지 몰라도

왼팔은 분명 바칠 거야.

IV

어느 겨울 오후에

처음 잠든 것은 커다란 회색 얼룩 고양이다. 고양이는 램프 아래 안락의자의 등받이 위 초록 담요에 몸을 뻗고 눕는다.

남자는 그 안락의자에 앉아 독서 안경을 쓰고 책을 읽는다.

두 번째로 잠든 것은 커다란 검은 고양이다. 소파 등받이 위 감청색 담요에 몸을 말고 눕는다. 녀석의 몸 아래 쿠션이 워낙 푹신해서 움푹 들어간 구덩이 안에 누워 있는 녀석은 감청색 담요를 배경으로 거의 보이지 않는다.

여자는 소파의 한쪽 끝, 검은 고양이 옆에 앉아 있고, 고양이는 그녀가 자리에 앉을 때 눈을 뜨지 않은 채로 가르랑거렸다. 여자는 잡지를 읽으며 작은 갈색 공책에 메모를 한다.

반 시간이 조용히 흐른 뒤 세 번째로 잠든 것은 남자다. 안경을 벗고, 책을 내려놓고, 팔짱을 낀 다음, 머리를 창문 반대 방향으로 비스듬히 젖힌 채 잠이 든다. 잠든 회색 고양이가 앞발 하나를 남자의 어깨에 올린다.

마지막으로 잠든 것은 여자이고, 펜과 공책을 옆에, 소파에 내려놓고 잡지는 펼친 채, 얼굴을 가슴에 묻고, 머리를 앞으로 숙이고 잠이 든다.

이 정적 가운데, 가까운 주방의 난방장치만 웅웅거리며 집에 약간의 온기를 불어넣는다.

흥미로운 사적 채소들

몇 년 전 인도네시아에서는 가정부들이 가정에서 버린 자투리 종이들을 모아서 보관해두었다. 그들은 이 종이들을 묶어서 시장 상인들에게 청과물을 싸는 용도로 팔곤 했다. 이런저런 자투리 종이 중에는 가끔 푸른색 항공우편 편지도 있었다. 그래서 이따금 **바왕 푸티**나 **분치스**가 다른 누군가의 사적 우편물에 싸여 집으로 오곤 했다.

두 잔째

"내 사랑 셰익스피어!"
라고 아쉬워할 때마다
그녀는 취기가 돌기 시작했다는 것을 깨닫는다.

「흥미로운 사적 채소들」에 대한 해설

　이 이야기의 첫 버전에서 내가 사용한 채소 이름은 인터넷에서 "인도네시아 채소"를 검색해서 찾아낸 것들이었다. 나는 꽤 신중하게 찾았다고 생각했는데, 나중에 알고 보니 내가 찾아낸 두 이름은 좋은 선택이 아니었다. 나는 인도네시아어를 전혀 모르니 내게 인도네시아 단어는 문자의 집합일 뿐이다. 내 이야기를 받은 잡지 편집자도 인도네시아어를 몰랐으니 오류를 잡아내지 못했다. 그러나 나는 혹시 몰라서, 인도네시아에서 살았던 적이 있고 그곳의 언어와 채소 모두를 잘 아는 사촌에게 이야기를 보냈다. 그녀는 내가 사용했던 첫 번째 단어인 바왕 메라는 단맛이 나는 붉은 양파인데, 이 양파를 종이로 싸는 일은 없을 거라고 했다. 그 대신 종이로 쌀 만한 마늘을 뜻하는 바왕 푸티를 제안했다. 내가 사용했던 두 번째 단어인 쿤치는 '열쇠'라고 했다. 나는 '아주 중요하다'를 뜻하는 "열쇠"인지, 문을 열 때 쓰는 열쇠인지 알 수 없었다. 아주 중요하다는 뜻은 아닐 듯했지만 다시 편지로 물었고, 사촌은 "문 열쇠"를 뜻한다고 했다. 사촌은 푸른색 항공우편으로 포장할 만한 것은 쿤치가 아니라 분치스, 깍지콩일 듯하다고 했다. 그렇게 해서 모든 수정이 끝났고, 나는 뜻밖의 항공우편을 받은 사람이 내 사촌이라는 사실을 집어넣을 수도 있었을 것이다. 하지만 내게는 장바구니 채소들 틈에 항공우편 편지로 싼 문 열쇠(낡고 큼직한 철제 열쇠)라는 놀라운 이미지도 남았다.

명성의 이유 #4
샐리 볼스

엄마의 두 번째 남편은 엄마와 이혼한 뒤, 나이트클럽 가수이자 작가이며, 뮤지컬 〈카바레〉의 등장인물 샐리 볼스의 모델이 된 진 로스와 결혼했다. 그들의 결혼으로 딸이 태어났으니, 내 이부언니의 이복동생이다.

누군가 지의류에 대해 내게 물었다

누군가 내게 지의류에 대해 글을 쓴 적이 있는지 물었다. 그는 내가 지의류에 관심이 있고, 지의류에 대해 생각하길 좋아할 사람 같다고 여겼다. 내가 이끼와 씨, 꽃가루, 잎, 흙, 말벌과 개미, 무당벌레, 잎벌 같은 곤충, 그리고 거미 중에서도 특히 지성을 담기에는 너무 작은 머리와 근육을 담기에는 너무 가는 다리를 가진 장님거미에 관심이 있다는 것을 알고 있었고, 그래서 내가 지의류에도 관심이 있으리라 생각했다. 내가 지의류에 관심 있을 만한 사람이라는 생각은 전적으로 옳지만, 사실 그때까지도 나는 지의류에 큰 관심은 없었다. 우리 집 사과나무와 야생능금나무에 지의류가 자라나서 나쁜 징조인가 하고 걱정했던 적은 있다. 사과 농부였던 친구가 그 나무들에 자라는 지의류는 걱정할 필요가 없다고 알려주었다. 그해 여름에야 나는 마당에 피어난 야생화들에 유독 관심이 생겼고, 사실 마당에서 솟아나는 모든 야생식물에 관심이 생겼다. 물론 그들 역시 머잖아 꽃을 피웠고, 더러는 눈에 띄지 않게 피우기도 했다. 그 무렵이었는지 직후였는지 버섯에도 관심이 많아졌다. 나는 항상 비 온 뒤나 습한 날씨가 지속된 뒤에 밤사이 여기저기 불쑥 돋아나는 버섯에 눈길이 갔는데, 이 버섯들은 내가 버섯이었다면 택하지 않았을 장소들, 이를테면 우리 집

아스팔트 진입로 가장자리 같은 곳들에 제멋대로 돋아나 나를 어리둥절하게 하기도 했다. 하지만 물론 다시 생각해보니, 내가 그 버섯이었다면 물론 나도 정확히 그 자리를 택했을 것이다. 어쨌든 내게는 다른 장소를 고르는 게 더 현명해 보였다. 하지만 나는 버섯에 대해서는 아주 조금밖에 몰라서, 버섯이 실은 지하로 길게 뻗은 줄기 같은 것의 열매라는 것 정도만 안다. 달리 말해 훨씬 더 큰 살아 있는 유기체를 표면으로 드러낼 뿐이라는 건데, 생각해보면 조금 무섭다. 하지만 물론 지표면 아래에서 일어나는 일은 매우 복잡한 데다 대규모다. 아니, 말이 되는지는 몰라도 소규모이지만 방대하다고 해야겠는데, 그것은 우리 눈에 보이지 않으며 우리 대다수에겐 대체로 알려져 있지도 않다. 어쨌든 나는 몇 년 동안 버섯을 눈여겨보기만 하면서 주로 감탄을 하고 가끔은 경외감마저 느꼈는데, 그리 힘들지 않게 직접 키울 수도 있다는 사실을 알게 됐다. 썩은 통나무나 나무조각 더미가 필요할 듯했는데, 그것은 내게 이미 있었고 버섯 포자는 우편 주문을 할 수 있었다. 이번 해에는 새로 심은 여러 식물로 이미 분주했으므로 다음 해에 시도하기로 마음먹었다. 또한 내게는 친구가 준 작은 버섯책이 있었는데, 그 책에는 다양한 버섯이 또렷한 선묘와 설명, 식용 안전성

여부를 알려주는 기호와 함께 실려 있었다. 나는 마당에 돋아나는 버섯을 책에서 찾아보기 시작했다. 내가 버섯을 제대로 알아보았는지 확신할 수 없어서, 사진을 찍은 다음 버섯을 잘 알아보는 오랜 친구 둘에게 보냈다. 남편이 아내보다 조금 더 뛰어난 편인데, 아내가 먼저 무슨 버섯인지 확인한 다음 남편에게 검증을 맡긴다. 그러면 이번에는 남편이 가끔은 구비할 수 있는 온갖 책을 갖출 때까지 시간을 끌다가 확인 절차에 뛰어들었고, 자주 아내의 의견에 동의하지만 포자문을 보지 않으면 확신할 수 없다고 내게 주의를 줬다. 나는 포자문이라는 말을 이해에야 처음으로 들었다. 우연히도 우리 집 마당에 돋아나서 친구들이 식별해준 버섯은 마지막 것만 빼고 모두 독성이 대단히 많은 버섯이었다. 마지막 버섯은 늙은 사과나무 아래 비교적 싱싱한 나무조각들에서 돋아났고, 친구들은 그것이 일종의 먼지버섯이라고 거의 확신했다. 먼지버섯은 식용이긴 하지만 그렇다 해도 먹지는 말라고 덧붙였다. 그러다가 식물 성장기가 지난 뒤, 내가 묻지도 않았는데 한 젊은 친구가 내게 버섯 재배 키트를 선물했다. 키트에는 버섯 균사가 주입된 플러그들이 든, 단단히 밀폐된 봉지 하나와 안내 책자, 흥미로운 균류 연관 상품을 소개하는 카탈로그가 함께 들어 있었다.

안내 책자는 플러그 균사가 오랜 이동 과정에서 흔들리며 일시적으로 망가졌을 테니 회복될 시간을 주고 나서 플러그를 꽂아야 한다고 경고했다. 희끄무레하고 보송보송한 솜털이 보이면 회복했다는 것을 알 수 있을 터였다. 나는 균사가 무엇인지 아직도 확실히 모른다. 또한 버섯 종균 플러그를 아무 나무 토막에나 꽂으면 되는 줄 알았는데 그러면 안 된다는 것도 알게 됐다. 어떤 종류에는 참나무가, 또 어떤 종류에는 너도밤나무가, 또 다른 종류에는 물푸레나무가 필요한 식이었다. 내 키트에 들어 있는 종균은 표고버섯인데, 키우기가 쉬워 초보자에게 좋은 버섯이고, 이 종균을 심으려면 참나무 토막들이 필요하다. 참나무는 어디에서 구하면 될지 알 것 같다. 지난여름에 젊은 농사꾼 친구 하나가 가족이 소유한 큰 숲이 있는데 20만 제곱미터 면적에 참나무만 자라는 곳이 있다고 했다. 겨울이 지나는 동안 나는 종균 플러그 봉지를 냉장고에, 되도록이면 채소 칸에 넣어두고, 바깥 온도가 섭씨 4도 이상 올라갈 때까지 기다려야 한다. 냉장고에는 이미 넣었고, 이제 기다리면 된다. 남은 겨울 동안 버섯 키우기 안내 책자를 읽고 또 읽으며 젊은 농사꾼 친구에게 참나무 토막을 좀 부탁해도 될지 생각해볼 것이다. 종균 플러그를 꺼내면 안내 책자의 지시대로 균사가 실온에 적응할 때까지 기다렸다가 나무토막에 꽂을 것이다. 그 사람이 내가 지의류에 관심 있으리라 생각했다고 말한 뒤 물론 나는 곧장 지의류에 관심이 생겼다. 그는 내가 아마 지의류를 궁금해하는 사람일 거라고 말했지만, 사실 그 말을 들을 때까지만 해도 지의류를 궁금해하는 사람은 아니었다. 그는 어쩌면 내가 이미 지의류와 관련된 어떤 프로젝트를 진행하고 있을지 모른다고 생각했다. 그가 알고 있기로, 혹은 알고 있다고 생각하기로 나는 사물을, 아주 작은 사물도 자세히 들여다보는 사람이었다. 이제 그는 내게 지의류를 더 자세히 들여다보라고 요청하는 셈이었다. 우선 나는 우리 집 옆문 근처 야생능금나무에 자란 지의류를 더 자세히 들여다보기 시작했다. 이제 잎이 떨어진 나무는 붉은빛 작은 능금들과 어두운 잔가지들, 옅은 청록색 지의류를 선명히 드러냈다. 지의류는 아주 작긴 해도 색과 형태가 정말 아름답다. 야생능금나무 가지뿐 아니라 잔디밭의 몇몇 널돌들에도 자라고 있다. 그중 하나는 거의 뒤덮다시피 했다. 지의류가 돌 위에 자란다면 무엇을 먹고 자랄까 궁금해진다. 전에는 한 번도 궁금해본 적이 없었다. 어른이 된 아들과 숲을 산책하다가 작은 나무껍질 조각을 주워 왔는데, 나무에서 떨어져 숲길에 놓여 있던 이 조각에는 두 종류로 보이는 지의류가 자라고 있다. 둘 다 연한 우윳빛 초록색인데, 하나는 더 노르스름하고 다른 하나는 더 푸르스름하다. 둘은 자라는 패턴이 서로 다르다. 노르스름한 것을 자세히 살펴보니, 고수 잎의 축소판 같고 빛이 심하게 바랜 데다 서로 촘촘히 붙거나 겹쳐진 채 자라고 있어서 아래 있는 나무껍질이 안 보인다. 푸르스름한 것은 아주 작긴 해도 노르스름한 것보다는 조금 더 크고 해조류를 닮았으며 납작한 사슴뿔 같은 덩굴 사이로 진회색 나무껍질이 보인다. 나는 아직 지의류에 대해 많이 알지 못한다. 이제 껍질이 나무에서 분리됐으니, 나무껍질 조각에 자란 이 지의류가 죽었는지 살았는지, 혹은 내가 집으로, 실내로 갖고 들어 와서 이들의 생명을 끝내버렸는지 모르겠다. 집으로 들고 오자마자 고양이가 건드릴 수 없는 어딘가로 나무껍질을 치워두었다. 집 안에서 사는 고양이가 집 밖에서 들고 온 것, 특히 자연물에는 무엇에든 강렬한 호기심을 보여서 그랬는데, 이제 나는 그 껍질이 어디 있는지 잘 모르겠다. 지의류에 관한 독서는 아직 시작하지 않았다. 지의류도 내가 올해 시작한 퍼머컬처 텃밭 가꾸기의 일환이 될지 모르겠다. 그럴 리는 없을 듯하지만, 그동안 내가 알게 된 바에 따르면 우리 집 마당에서 보이는 거의 모든 것이 퍼머컬처

라는 근사한 상호작용 시스템에서 어떤 역할을 한다. 이를테면 아들이 며칠 전에 미심쩍은 투로 물었다. 말벌이 정말 필요해요? 나는 아마 그럴 거라고 대답했는데, 그 순간에는 이유를 하나밖에 생각해내지 못했지만, 말벌 종류마다 다른 이유들 때문에 그들이 필요하다는 것은 알고 있었다. 지금 내가 궁금한 것은 지의류다. 이를테면 이런 질문들이다. 지의류는 돌에 있는 무기물을 먹나? 아니면 공기에 있는 무언가를 먹나? 물론 몇몇 질문은 그 답을 빠르고 쉽게 찾을 길이 있다는 걸 알지만 나는 무언가에 대해 먼저 한동안 궁금해하는 것을 좋아하는데, 대단하지는 않지만 내 지력을 훈련할 수 있어서다. 그런데 얼마 전 때마침 가족들이 내게 자연에 관한 책을 선물해달라고 했다. 한 사람은 작은 물고기, 한 사람은 이끼, 공교롭게도 한 사람은 나처럼 지의류에 관심이 있다. 이유는 아직 물어보지 못했다. 동네 독립서점에서 그 책들을 주문하면서 내가 볼 지의류책도 한 권 주문했다. 지의류에 대해 이야기를 나누다 보니 서점 주인도 지의류를 열광적으로 좋아한다는 사실을 알게 됐다. 특히 겨울에, 숲을 산책하며 볼 것이 조금밖에 없는 시기에 지의류가 무척 아름답다고 했다. 그녀는 지금까지 내가 발견한 것보다 훨씬 많은 지의류를 찾아냈다. 나는 우리 집 마당에서 두 종류를 보았고 숲에서도 마당에서와 똑같은 두 종류를 보았으니 지의류가 아주 다양하지는 않을 거라고, 기껏해야 열 종류쯤 될 거라고 생각했다. 하지만 그건 내 무지에서 나온 생각이었다. 나는 지의류가 수백 종까지는 아니더라도 수십 종은 된다는 것을 깨닫기 시작했다. 하지만 어쩌면 내가 구입한 작은 책을 읽고 지의류에 대한 막연한 호기심을 넘어 훨씬 더 잘 알게 된다면, 나도 특히 겨울 숲길에서 보게 될 것들에 더 빈틈없이 주의를 기울이게 될 것이다. 그래서 내년 이맘때 누군가 내게 지의류에 호기심이 많은 사람이냐고, 나아가 지의류와 관련된 프로젝트를 진행하고 있느냐고 묻는다면 나는 그렇다고 사실대로 답할 수 있을 것이다.

스펠링 문제

바너드 대학의 한 여자가 내게 전화해서 통화하던 중 '출혈(hemorrhaging)'의 철자를 불러달라고 한다. 나는 철자를 불러주지만 틀린 철자다. 아마 "hemmhoraging"이라고 한 것 같다.

나는 단어의 철자법에 관심이 많으므로, 내가 어떤 단어의 철자를 모를 때에는 기분이 좋지 않다.

이후 나는 호기심이 생겨서 친구와 다른 사람들에게 그 단어의 철자를 묻기 시작한다. 전화 통화할 기회가 생길 때마다 묻는다.

R.은 "hemmorhaging"이라고 철자를 댄다.

E.는 "hemmoraging"이라고 철자를 대고 나서 서둘러 "hemorhaging"으로 바꾼다.

엄마는 "hemorhaging"이라고 철자를 댄다.

엄마는 철자를 대기 전에 "hae-"인지 "he-"인지 묻는데 E.도 그랬다.

처음에 나는 "ac"인지 "e"인지 묻는 것이 '붉은 청어(red herring, 아니면 raed haerring이라고 해야 하나)'처럼 엉뚱한 질문

• 논의나 이야기에서 상대나 청중의 주의를 논점과 관련 없는 엉뚱한 곳으로 돌리기 위해 사용하는 수단을 일컫는 말.

이라 생각하고 E.에게도 그렇게 말한다. 하지만 "ae"를 사용해 그 단어를 쓰려고 시도해보니 어쩌면 전혀 엉뚱하지는 않은 것 같다.

어쩌면 "ae-"로 단어를 쓰기 시작하면 나머지 철자를 바르게 쓰기가 더 쉬울 것이다.

D.는 "hemmoraging"이라고 철자를 댄다.
S.는 "hemhorraging"이라고 철자를 댄다.
앤 L.은 "hemhoraging"이라고 철자를 댄다.

하지만 이 모든 일은 15년 전에 일어났다. 그리고 내가 계속 돌이켜보며 기억하려 해봐도, 바너드 대학에서 내게 전화한 여자가 왜 내게 'hemorrhaging'의 철자를 불러달라고 했는지 기억나지 않는다.

팸플릿에서 이방인이 물은 선다형 질문

질문: 고통이 끝나긴 할까요?

당신의 대답은:
- 예?
- 아니오?
- 어쩌면?

그녀의 이기심

그녀의 이기심은 너무 다양한 형태로 자꾸 재등장했다. 그녀는 한 가지 형태의 이기심을 알아보고는 그것을 공격하고, 적을 파악했다고 생각했다. 그래서 이기심과 싸우는 데 몰두하다 보면 그것은 다른 형태로 재등장했다. 더 정확히 말하자면, 아주 익숙하고 내내 그 자리에 있어서 이기심의 한 형태라고 전혀 의심하지 않았던 것을 이기심으로 알아보곤 했다. 그때 그녀는 이렇게 말했다. 아, 그러니까 그것도 이기심이구나.

그것은 암과 같은가? 아주 비슷하다! 그녀가 모든 무기를 동원해 그것과 한곳에서 싸우다 보면 그것은 다른 곳에서 또 나타나곤 했기 때문이다. 그리고 그곳에서 싸우다 보면 또 다른 곳에도 나타났다. 그것은 어디에나 있었다. 그러나 이기심은 쭉 거기에 있었다는 점에서 어쨌든 암과는 달랐다. 그리고 그녀는 아마 이기심 때문에 죽지는 않을 것이다.

삼총사

책 『삼총사』가 우편으로 온다. 예상보다 훨씬 크다. 이튿날 아침 일찍, 털이 복슬복슬한 낯선 주황색 고양이가 비상계단에서 창문 안을 들여다본다. 겁먹은 눈을 동그랗게 뜨고 있다. 우리는 그냥 낯선 고양이 하나가 지나가는 중이라고 생각한다. 그러나 그때 또 다른 고양이가, 이번에는 회색 털이 복슬복슬한 고양이가 비상계단을 내려온다. 이 고양이도 창턱으로 다가와 창문 안을 들여다본다. 양쪽 귀에는 몸통보다 더 옅은 회색 털이 삐죽 돋아 있고, 겁먹지 않았다. 우리는 새끼 고양이 둘이 동네를 탐험하는 중이라고 생각한다. 그때 세 번째 고양이가 비상계단으로 내려온다. 털이 복슬복슬하고 검다. 이 고양이는 창턱으로 다가오지 않고 다른 고양이들을 따라 비상계단을 내려간다. 잠시 동안 고양이 세 마리는 마당에 머문다. 그중 두 마리, 회색 고양이와 검정 고양이가 함께 노는 모습이 보인다. 나머지 주황색 고양이는 나무 밑동에 앉아 구경하고 있는 듯하다. 그러다가 우리는 그곳에 고양이가 앉아 있지 않다는 것을, 이른 아침 햇살이 주황색 나무 밑동을 비출 뿐이라는 것을 알게 된다. 나중에 고양이들은 사라진다. 길 건너 들판에는 검정 소 세 마리가 있다. 소들은 외양간 밖에 있다. 우리는 이 집에 새로 이사를 와서 선물을 받았다. 친구 셋이 꽃병을 하나씩 선물했다. 하나는 크고 하나는 중간 크기고 하나는 작다. 하나는 파란색, 하나는 초록색, 마지막은 연보라색이다.

이웃의 시선

 은퇴한 탭댄서가 눈먼 늙은 푸들을 집에서 데리고 나와 폭신한 눈에 오줌을 눈다.
 바로 그때, 이사 온 지 얼마 되지 않은 옆집 이웃인 등록된 성범죄자가 자신이 빌린 주거지 옆문으로 나온다.
 옆집 이웃은 고개를 들고 탭댄서와 개를 본다.
 그는 탭댄서를 노려본다.
 은퇴한 탭댄서는 그의 노려보는 시선에 어리둥절해한다. 왜? 왜 나를 그렇게 보는 거지?
 눈먼 푸들이 오줌을 누는 동안 탭댄서는 곰곰이 생각한다. 아, 아마 내가 돈 많은 주말 휴가객이라고 생각했나 보다.

헬렌의 아버지와 그의 틀니

우리는 그에게 왜 주머니 두 개 달린 셔츠가 필요한지 몰랐다. 그는 담배를 피웠다. 오래전이었다.

그래서 왼쪽 주머니는 담뱃갑을 넣기 위해 필요했다.

그러나 그는 오른쪽에도 주머니가 달린 셔츠가 필요했다.

이유는 틀니를 넣기 위해서였다. 그는 틀니를 끼고는 음식을 먹을 수 없었다.

식사할 때에는 틀니를 꺼내 주머니에 슬쩍 넣었다. 우리가 그 모습을 본 적은 없다.

그는 틀니를 하기 전 여러 해 동안 이가 하나도 없이 음식을 먹었다. 그렇게 먹는 데 익숙했다. 무엇이든 먹을 수 있었다. 통옥수수구이까지!

그러다가 틀니를 했는데, 틀니를 끼고는 음식을 먹을 수 없었다.

틀니를 끼고 먹으려다가 질식할 뻔했다. 거의 병이 날 뻔했다.

어쩌면 그 모두가 그의 머릿속 망상이었는지 모른다.

그는 머릿속에 망상이 많은 사람이었다.

재미

재미가 없었는데도
이튿날 아침
초대장을 집어 다시 읽으면
파티는 여전히 재미있어 보인다.

연구

열이 점점 심해져 내 연구를 계속할 수 없었다. 하지만 나는 이미 시간과 역사에 관해 어느 정도 이해했다고 확신했다. 그런데 내가 적은 메모를 나중에 읽어보니 앞뒤가 맞지 않고 빈틈과 모순으로 뒤죽박죽이었다. 내가 깨달았다고 여겼던 것이 이제 분명하지 않거나 사실이 아닌 듯했다. 나는 몇 가지를 알게 됐고 어느 정도 이해했다고 믿었지만, 이제 그 연구가 가치 있었는지는 확신할 수 없었다. 하지만 한편으로는, 어쩌면 건강을 회복한 상태의 또렷한 정신으로는 아직 마주할 준비가 되지 않은 값진 무언가를 열병 속에서 배웠는지 모른다.

실은

그녀는 아니지만 그는 흔히 사용하는 "실은"이라는 표현을 쓸 때마다 그녀는 그를 떠올리는데, 그에게 그 이야기를 한 적이 있고 그에 대한 오마주로 그 표현을 쓰고 싶다고도 말했으므로, 그녀가 쓴 그 표현을 그가 읽을 때마다 그녀가 그를 생각했음을 그가 알 것이라는 걸 그녀는 알았으며, 또한 그도 이제 "실은"이라는 표현을 쓸 때마다 그녀를 떠올리지 않을까 생각했다.

작아진 기분

물론 작다거나 하찮다는 기분을 받아들이기 더 힘든 상황이 있다. 가족에 비해 작은 기분은 우주에 비해, 영원에 비해 작은 느낌보다 쉽게 받아들이기 힘들다.

자신이 작다고 느끼면서도 여전히 강하다고, 괜찮다고 느끼기는 힘들다. 당신은 한 바퀴를 돌아야 한다. 삶을 출발할 때 당신은 자신이 작다고, 부족하다고 느꼈을 것이다. 그러다가 더 커졌다고, 괜찮다고 느끼는 법을 배운다. 그 뒤에는 다시 작아졌다고, 그래도 괜찮다고 느끼는 법을 배운다.

되풀이되는 순무 문제

전쟁 때, 한동안 그는 먹을 것이 순무밖에 없었다.

이제 그는 순무는 먹지 않는다. 순무는 그가 먹지 않는 유일한 음식이다.

그러나 지금까지 여러 해 동안, 캐나다에서 사는 옛 친구들은 이 점을 오해했다. 그들은 그가 순무를 좋아한다고, 어쩌면 사랑한다고 생각한다. 그래서 두 가족이 함께 추수감사절을 기념할 때마다 그들은 그를 위해 순무를 요리한다. 그래서 추수감사절마다 그는 순무를 먹는다.

노래하는 법 배우기

당신은 동네 노래 동아리의 회원이다. 다른 사람들과 공연을 하기 위해서가 아니라 여가 활동으로, 즐거움을 위해서 노래한다. 다른 사람들과 노래하기는 즐겁지만, 당신은 당신이 노래하는 방식이 만족스럽지 않다. 적어도 레가토와 강약법, 악절 구분법을 배우고 싶고, 가능하다면 더 좋은 목소리를 내는 법도 배우고 싶다. 악보는 꽤 수월하게 읽는 편이고 음정에 맞게 노래도 하지만 목소리가 가늘고 힘이 없다. 얼마 뒤 모임 회원 한 사람이 당신에게 어쩌면 좋은 노래 선생님을 찾고 싶어 할 것 같다며 이름 하나를 알려준다.

당신은 노래를 더 잘하는 법을 간단하게 배울 수 있으리라 생각한다. 이 좋은 선생님을 찾아가서 수업을 받고 연습을 할 것이다. 선생님은 북쪽에 있는 이웃 도시에서 사는 목사의 부인이다. 아주 노련하고, 지역 오페라단 가수들의 코치였던 적도 있다. 수업은 목사관에서 할 것이다. 당신은 시간이 흐르면 노래를 더 잘하는 법을 배울 수밖에 없으리라 생각한다.

그러나 그건 그렇게 간단하지 않다. 첫 수업에서 당신은 노래를 더 잘하려면 그동안 상상도 못 해본 여러 문제를 해결해야 한다는 것을 알게 된다. 당신의 호흡법, 당신이 서 있는 자세, 당신이 몸을 가누는 방식, 당신이 목을 가누는 방식.

촛불 불기를 한다. 호흡 조절법을 익히기 위해서다. 선생님은 촛불이 고르게 깜박이도록 당신에게 일정한 숨으로 촛불을 불도록 시킨다. 그런 연습을 하기에는 날씨가 너무 덥다. 때는 한여름이고 당신이 겪었던 가장 더운 여름이다. 아니, 당신이 생각하기로는 그런 것 같다. 그래도 당신은 연습을 한다. 선생님은 숨을 끝까지 내쉰 다음 다시 들이쉬고 노래를 부르라고 한다. 빨대로 공기를 빨아들이는 것처럼 숨을 들이쉬어야 한다. 그녀는 당신이 양쪽 어깨를 손으로 붙잡고 숨을 들이쉬며 거울로 그 모습을 관찰하게 한다.

긴장하시네요. 너무 긴장하고 계세요! 그녀가 말한다. 무릎을 벌리고 가볍게 뛰어보라고, 무릎을 살짝 구부리고 유연하게 뛰어보라고 말한다. 그러고는 작은 트램펄린을 꺼내 그 위에서 점프를 하게 한다. 점프하면서 노래 부르게 한다. 긴장을 푸는 연습이다. 그녀가 말한다. 그렇죠, 그겁니다! 선생님은 트램펄린을 빌려주고, 당신은 집으로 들고 와서 거실에 놓고 위아래로 점프하며 음계 연습을 한다.

음계 연습을 하고, 과제곡을 연습한다. 첫 곡은 헨델의 아리아다. 유명한 곡이지만 당신은 접해본 적이 없다. 개방형 음절 라로 시작하는 아름다운 아리아이고, 첫 음들은 당신의 음역에

편안하게 들어온다. 당신은 곡에 감동한다. 그러나 노래를 해보니 당신이 내는 소리가 당신의 귀에 만족스럽지 않다. 악보로 볼 때에는 음표들이 종이 위에서 아름다운 곡을 만들어내지만, 그 아름다움을 소리로 창조하는 것은 당신의 능력 밖이다. 문제는 바로 당신의 목소리다. 목소리가 레코드 바늘처럼 튄다. 몇몇 높은 음에서는 끅끅댄다. 뭔가 부러진 것 같다. 선생님은 선율을 노래할 때에는 목소리를 끊김 없이 풀려 나오는 금실처럼 상상하라고 한다.

선생님이 이완하는 법에 대한 책을 빌려준다. 그러나 책에 소개된 연습을 하기에는 당신의 성미가 너무 급하다. 당신은 활동적인 것을 좋아하는데 이완법 연습은 별로 활동적이지 않다. 연습을 하지 않은 채 하루, 또 하루가 지난다. 눈에 빤히 보이는 곳에 놓인 책이 신경 쓰인다. 그러다가 연습 하나를 해보는데 효과가 있는 것 같다. 당신은 좋은 계획을 세운다. 매일 노래 연습 전에 이완 연습 하나씩 하기. 그러자 연습이 두려워지고 피하게 된다. 그래서 이완 연습을 포기한다. 어떤 날에는 몇 음 정도 당신이 내는 소리가 마음에 들 때도 있다. 어떤 날에는 너무 괴롭고, 실망스럽고, 울고 싶다. 불쾌한 소리가 당신 귀에 너무 뚜렷하게, 너무 크게, 거실에서 혼자 있을 때조차 너무 공개적으로 들린다.

 선생님이 알렉산더 기법을 시도해보길 권한다. 당신은 알렉산더 기법 선생님과 예약을 잡지만, 그녀가 너무 늦는 바람에 수업을 듣지 못한다. 당신은 그녀를 만나러 다시 간다. 그녀는 당신이 긴장하는 문제에 대해 이야기한다. 당신이 얼마나 긴장한 상태로 살아가는지, 더 중요하게는, 당신이 다른 사람들을 어떻게 보는지와 당신 자신을 어떻게 보는지라는 문제에 대해 이야기한다. 너무 긴장하고 계세요! 알렉산더 기법 선생님이 말한다. 너무 긴장하고 계세요! 노래 선생님이 다시 말한다.

 그런데 왜 그렇게 비판적이세요? 노래 선생님이 묻는다. 누가 그렇게 당신을 비판하던가요? 당신은 그 문제를 생각해보지만 오래 하진 않는다. 물론 엄마라는 것을 알기 때문이다. 하지만 아빠도 마찬가지셨다. 엄마의 비판에는 동의하지 않으셨지만 말이다. 가끔은 언니도 그랬다. 오빠는 아니었다.

 선생님이 슈베르트를 과제곡으로 내준다. 당신은 슈베르트의 노래를 매우 잘 알고, 그중 많은 노래를 좋아한다. 감동받을 만큼은 아니지만 화성과 구조가 만족스럽다. 그러나 당신은 숨을 참고 있다가 노래를 시작하는데, 그래선 안 된다. 숨을 얕게 들이쉬고 참았다가 노래한다. 먼저 숨을 다 내뱉고 나서, 숨을 깊이 들이쉰 다음, 곧장, 언덕 너머로 굴러 내려가듯 노래해야 한다. 지나치게 애쓰고 계세요, 선생님이 말한다. 누가 당신을 그렇게 지나치게 애쓰게 만들던가요? 당신은 스테파노 도나우디의 노래 하나와 당신이 처음 듣는 포레의 곡을 과제로 받는다. 사실 당신은 포레의 레퀴엠만 알고 노래는 몰랐는데 그의 노래들을 사랑하게 된다. 당신이 느끼기에는 슈베르트의 노래보다 더 감동적이다. 당신은 베로니크 젠스가 부르는 포레의 노래들을 듣고 또 듣는다.

당신의 목이 건조해서 선생님이 물을 마시게 한다. 당신은 물을 몇 모금 마신 다음 음계 연습 도중에 트림을 한다. 물을 마시지 않고는 연습을 할 수 없고, 물을 마시면 트림을 하지 않을 수 없다. 선생님은 낮 동안에 맑은 음료를 더 많이 마시고 싱싱한 서양고추냉이를 먹으라고 제안한다.

그리고 선생님은 당신의 목소리가 가끔 끊기므로, 혹시 목에 문제가 없는지 의사를 찾아가 코와 목을 진찰받길 권한다.

당신은 예약을 잡는다. 포레의 또 다른 곡들을 노래한다. 당신이 긴장한다는 사실을, 그리고 그 이유를 잊지 않는다. 하지만 작은 걱정이 생긴다. 긴장하길 멈춘다면 당신이 늘 해오던 대로 다른 일들을 계속할 수 없을지 모른다는 걱정이다. 당신은 정말 변화하고 싶은가? 노래를 더 잘할 수 있을 만큼 긴장을 늦추다가 다른 일들을 하기 위해 필요한 긴장을 잃고 싶은가? 하지만 어쩌면 그런 일은 일어나지 않을 것이다.

당신은 이비인후과 의사가 문제를 찾아내길 바라되, 그다지 큰 문제는 아니길 바란다. 목소리가 더 좋아질 수 있도록 당신이 바로잡을 수 있을 만큼 간단한 문제여야 한다.

당신은 이비인후과 진료실에 앉아 있고, 작은 카메라가 콧구멍 위에 달려 있다. 젊은 레지던트가 당신의 후두를 관찰하며 음 하나를, 그다음에는 더 높음 음을 불러보라고 한다. 젊은 레지던트를 교육하는 의사가 당신과 함께 노래한다. 목소리 문제는 아마도 목소리가 아니라 위 문제인 것으로 밝혀지고, 당신은 매일 아침 한 알씩 복용할 약을 처방받는다. 다음 날 당신은 약을 한 알 먹는다. 그러고는 그 약을 지속적으로 복용했을 때 생길 수 있는 합병증에 대해 읽고는 알약을 치워버리고 다시는 먹지 않는다.

몇 주가 흘러가고, 당신은 상당히 꾸준한 연습을 하고 있다. 늘 혼자 있을 때 거실에 서서 연습한다. 누군가 우연히 들어오면 작은 집에서 너무 크게 울리는 목소리에 깜짝 놀라고 당신은 연습을 멈춘다. 아주 살짝 나아지고 있는 것 같다. 무슨 말인가 하면, 대개는 여느 때와 다름없이 가늘고 힘없는 목소리로, 심지어 약간 떨리기도 하는 목소리로 노래하지만, 어쩌다 한 번씩 몇 음 정도는, 아직 깊은 소리는 아니어도, 굵고 낭랑한 소리를 낸다는 말이다.

선생님은 당신이 가슴으로, 구체적으로 말해 가슴뼈로 노래하는 법을 익혀야 한다고 말한다. 아포지아라 부르는 것을 알려주는데, 소리에 기댄다는 뜻이라고 한다.

선생님은 당신에게 척추를 곧추세우고 앉아서 노래하라고 한다. 앉은 자세에서 상체의 무게를 당신의 말단에 싣고 노래를 하라는데 당신은 그게 무슨 말인지 모른다. 노래가 나아진 날에는 선생님이 묻는다. 뭘 어떻게 하신 거예요? 하지만 당신이 내는 소리는 만족스러울 때조차 당신이 듣기에는 가늘다. 그러니까 미숙하게 들린다는 말이다.

당신은 노래 잘하기는 성숙한 여자처럼 노래하기와도 관련 있다고 생각한다. 어쩌면 당신은 그동안 어린 소녀처럼 노래했는지 모른다. 어쩌면 당신은 사실 여자보다는 소녀 같은 편인지 모른다. 당신이 자신을 무엇으로 생각하는지는 잘 모르겠다. 어쩌면 소년으로 생각하고 있을 수도 있지만 분명 여자로는 생각하지 않는 것 같다. 어쨌든 이 선생님 앞에서는 어린 소녀 같은 기분이 들지 않기가 힘든데, 그녀가 당신보다 몸집이 큰 데다, 실제로는 몇 개월 차이이긴 해도 당신보다 어리지만 선생님이기 때문에 나이가 더 많은 것처럼 느껴져서다. 첫 수업에서 선생님은 당신이 얼마나 작은지에 대해 자꾸 말했지만, 당신은 당신이라면 작다고 말할 정도로 작은 사람은 아니다. 노래를 잘하는 일은 더 여성스러워지는 것, 더 성숙한 여자다워지는 것과 관련 있는 것 같지만 선생님한테 확인해보진 않았다. 몸집이 더 커지면 도움이 될지 궁금하다. 아니, 적어도 스스로를 더 크게 생각한다면 도움이 될지.

　알렉산더 기법 선생님은 다시 만났을 때 티셔츠 밑에 쿠션 두 개, 하나는 앞에 하나는 뒤에 넣고 노래 연습을 하라고 말한다. 노래 선생님은 무슨 말인지 알기 쉽게 피아노 위 풍만한 조각상을 가리켜 보인다. 그러기에는 날씨가 너무 덥다고 당신은 생각한다. 한여름이고 근래 여러 해 중 가장 더운 여름이다. 어쨌든 그렇게 해보지만 당신의 노래에는 변화가 없다. 선생님에게 그 말을 한다. 선생님은 모든 것이 당장 달라지길 기대하냐며 웃는다.

　다른 날, 그녀는 당신이 참을성 있는 편인지 묻는다. 어떤 한계까지는 참을 수 있다.

당신은 배운 대로, 똑바로 서서 턱을 내리는 법을 익히려 애쓴다. 선생님에게 그 말을 한다. 하지만 너무 내리진 마세요, 그녀가 말한다. 다른 한편으로 당신은 목소리를 가슴으로, 가슴뼈 부위로 '떨어뜨리기'를 자꾸 잊는다. '기대기'를 뜻한다고 기억해둔 아포지아에 대해 자꾸 잊는다는 말이다

어떻게 선생님은 셋잇단음, 이박삼연음을 그렇게 의식적으로 그렇게 정확하게 부르지 말아야 한다는 것을 이제야 언급할 만큼 현명하실까? 당신은 그 문제를 어떻게 고칠지 이해하지 못한다. 그러다가 베로니크 젠스가 부른 포레의 첫 곡을 더 주의 깊게 들어보니 선생님의 말을 알 것 같다. 당신은 그냥 괜찮은 목소리를 내기보다, 선생님과 함께 곡 해석에 집중할 수 있을 만큼 목소리가 좋다면 얼마나 좋을까 하고 다시 생각한다.

이렇게 몇 달이 흘러 가을과 겨울이 지나고 봄이 한창일 무렵 발표회를 준비할 시간이 된다. 노래 선생님에게 수업을 듣는 학생은 당신만이 아니다. 학생 대부분은 고등학생이다. 나이 든 여자는 당신 말고 한 명이 더 있을 뿐이다. 학생 몇은 노래를 잘하고, 목소리가 정말 아름다운 테너도 한 명 있다. 그 학생의 노래를 들으면 목소리 때문에 눈물이 날 만큼 뭉클할

수 있다는 것을 이해하게 된다. 학생들은 모두 발표회에 참가한다. 당신도 하지 않을 이유가 없다. 공연을 위해 연습하면 좋다는 걸 안다. 이제 연습이 더 많아졌고, 그다음에는 예행연습이 있다.

발표회에서 당신은 〈밤의 여왕〉의 시녀 역을 할 예정이다. 시녀 셋 가운데 하나를 맡는다. 당신은 그 역할이 마음에 든다. 화음을 맞춰 노래 부르길 좋아하고, 애초에 동네 노래 동아리에 들어간 것도 그래서였다. 그러나 각자 독창도 해야 하는데, 선생님은 당신에게 첫 수업 때 배운 헨델의 아리아를 부르라고 한다. 당신은 연습에도 도움이 되고 자신을 단련하는 데에도 좋을 테니 동의하지만 불안하다. 선생님은 악구가 반복될 때 덧붙일 가벼운 장식음을 알려주고, 당신이 보기에는 조금 인위적이기 하지만 몇 가지 손동작을 당신과 함께 연습한다.

아리아를 대단히 잘 부르진 않는다 해도 그냥 외워서 정확하게 부르는 일이라면 불안하지 않을 것이다. 하지만 외워서 부르는 것 말고도 또 다른 도전이 있다. 이 아리아에는 음정을 크게 건너뛰어 착지해야 하는 다소 높은 음이 하나 있다. 당신이 갈라지는 목소리를 내지 않고 그 음을 낸다는 보장이 없다. 집에서 혼자 연습할 때에는 대략 반 정도는 갈라지는 소리가 나고 반 정도는 괜찮다. 대체로 어린 공연자들의 가족과 친구들 앞이긴 하지만, 청중이 모인 교회 무대에 서면 평소보다 더 긴장하리라 짐작할 수 있다. 근처에서 피아노 반주를 하는 선생님을 빼면 당신은 무대에 혼자 있을 것이다. 50 대 50으로, 당황스러운 끽 소리를 낼 확률과 함께 혼자일 것이다. 그렇다 해도 당신은 시도하지 않을 이유가 없다.

발표회가 열리고, 학생들은 저마다 훌륭하게 공연을 한다. 선생님은 학생들을 꼼꼼하게 준비시켰다. 시녀 역을 맡았던 작품이 끝난 뒤 당신은 무대의상을 정장으로 갈아입은 다음 무대 옆에 서서 아리아를 부를 순서를 기다린다. 당신은 분명 긴장하지만 그건 예상했던 일이다. 그러고는 무대로 걸어 나가서 아리아를 부른다. 잊어버릴 뻔했지만 조금도 잊지 않았다. 손짓과 장식음을 기억한다. 고음을 낼 순간이 왔을 때, 아름답지는 않지만 갈라지지도 않은 소리로 고음에 착지했고, 다행히 노래를 무사히 마친다. 정중한 박수 소리가 잦아든 뒤 선생님이 갑자기 청중을 향해 당신이 지난여름에야 수업을 받기 시작했고 무대 위 독창 공연은 처음이라고 말한다. 선생님이 당신을 자랑스러워한다는 것을 느낄 수 있다. 청중은 다시 정중하게 박수를 친다.

발표회 뒤에는 노래 수업이 방학에 들어갈 것이다. 여름이 다시 오고, 고등학생들은 여름 일자리에서 일을 하느라 수업을 쉴 테고, 선생님도 당신도 강도 높은 연습과 발표회 뒤 잠시 쉬어야 할 것이다. 몇 주가 지난 뒤, 당신은 목사관을 다시 방문하지만 이젠 그 지역을 떠날 준비를 하는 중이고, 지역을 떠나면 노래 수업도 자연스럽게 끝날 것이다. 당신은 다시 노래 수업을 들어도 노래 실력을 키우기가 쉽지 않으리라는 사실을 깨닫게 됐다. 수업을 듣고 성실히 노력하면 노래 실력을 꾸준히 키울 수 있다는 환상은 더 이상 품지 않는다. 그래도 어쩌면 다시 해볼지 모른다.

발표회에 대해 말하자면, 그 일을 되돌아볼 때마다 당신은 여전히 똑같은 두려움과 불안을 느낀다. 그 고음에 우아하게 착지하리라는 보장이 없었으니 말이다. 물론 열심히 연습했고 무대 위에서 아리아의 음을 하나도 빠짐없이 배운 대로 부르기 위해 최선을 다했지만 그 아리아를 성공적으로 부르는 일에는 늘 우연이라는 요소가 있었다. 그 고음에 착지하는 순간 당신은 어쩌면 끔찍하게 갈라지는 소리를 냈을 수도 있다. 그러면 그 음은 공중에 철저히 외따로 떨어져 나와, 듣는 이의 관심 속에서, 당신이 낸 그 어떤 소리와도 외따로 떨어져, 넓은 교회의 구석구석까지 울리며 당신을 대단히 부끄럽게 했을 것이다. 그래서 그 소리가 당신의 상상 속에서 계속 울리며 당신을 괴롭히는 것이다. 발표회가 이제 안전하게 과거 속에 있는데도.

이 이야기에는 코다가 있다. 새로운 곳으로 이사 가서 몇 년 뒤에 당신은 연주 모임에 가끔 참가하기 시작하는데 노래는 선택 사항이다. 달리 말해, 연주하는 동안 노래를 불러도 되지만 꼭 그래야 하는 건 아니다. 모임의 많은 사람은 대개 프렛 위로 몸을 숙이고 코드를 정확히 연주하는 데 집중하느라 노래를 부르지 않는다. 이 동아리에는 아주 나이 든 여성이 한 사람 있는데, 당신보다 스무 살은 많은 듯하다. 손이 관절염으로 구부러지고 뒤틀려서, 악기를 잡고 연주하려면 독창적인 포지션을 찾아야 한다. 그녀는 모임에 꾸준히 열성적으로 참가하지만 빨리 피곤해지므로 대개 일찍 자리를 뜬다. 목소리는 좋은 편이 아니지만, 좋아하는 노래는 혹시 다른 사람들도 배우고 싶을 수 있으니 흔쾌히 자진해서 부른다. 오픈마이크 행사가 있을 때면 그녀가 사람들 앞에서, 청중 앞에서 노래도 한다고들 한다. 그녀의 목소리는 가늘고, 억지로 짜내는 듯하고, 긁는 듯한 소리가 난다. 그녀의 고음은 무엇에 비유해야 할지 모르겠다. 어쩌면 겁에 질린 비명 같다고 할까. 그러나 그녀는 흰 곱슬머리와 밝은 얼굴, 굽은 등으로 대담하고 당당하게 노래한다. 노래 부르길 좋아하고, 노래를 굉장히 많이 안다. 그리고 모임 사람들은 그녀가 부르는 노래를 듣길 좋아한다. 모두 음악을 즐기는 그녀의 태도와, 가사를 잊지 않는 좋은 기억력, 강인한 성격을 높이 평가한다. 당신은 이런 사람을, 그렇게 나쁜 목소리로 대담하고 자신 있게 노래하는 사람을 처음 봤고, 그건 당신에게 생각할 거리를 주는 놀라운 일이다. 당신은 여전히 더 듣기 좋은 목소리를 가지고 싶지만, 이제는 부족하나마 당신이 가진 목소리로, 아주 나이 든 이 여성처럼 대담하고 자신 있게 노래하는 일에 대해 덜 두려워하게 될 것 같다.

하지만 그건 집짓기의 첫 단계인걸요

부탁합니다, 말벌 씨,
내 벤치를 그만 물어뜯으세요.

두 시장과 한 단어

월례 회의에서 전 시장이 일어나 이의를 제기한다.
그는 현 시장에게 공개적으로 불쾌감을 표현한다.
전 시장은 현 시장의 특정 단어 사용에
반대하며 이렇게 말한다.
그 단어는 쓸데없이 덧붙인 군더더기 부정어를 포함하므로
시 정부의 문서에 절대 써서는 안 돼요.

현 시장은 뜻 모를 미소를 짓긴 했지만
신속히 그 의견에 수긍하며
문서를 수정한다.
〔문제의 단어는 바로 "irregardless(상관없는)"이다.〕

내 삶의 새것들

나는 내 삶의 새것들에 익숙해지는 데 워낙 오래 걸리는 편이라 피곤할 때면, 아주 오래전이긴 하지만, 과거의 내 삶에 있던 다른 남편의 이름으로 이 남편을 부르고, 이 아들이 태어나기 전에 10년이라는 긴 시간 동안 내 삶에 있던 첫아들의 이름으로 이 아들을 부른다. 그러나 훨씬 더 피곤해지면 문제는 더 심각해져서, 그 다른 남편과 첫아들만 기억한다.

그 다른 남편과 결혼했을 때 나는 열여덟 살 소녀로 사는 일에 익숙하지 않았고, 내가 훨씬 더 어린 열두 살쯤이고 남편은 내 오빠라고 생각해서 여동생처럼 그를 괴롭혔고, 남편은 결국 성가셔하며 나를 쫓아내곤 했다. 그러다 첫아들이 태어났을 때 나는 스물아홉 살 여자로 사는 일에 익숙하지 않아서, 내가 더 어린 열여덟 살쯤이고 좋은 엄마가 될 만큼 나이를 먹지 않은 어린애일 뿐이라고 생각했다.

이제 나는 내 앞에는 있는 젊은 여자와 그녀의 어머니를 보며 그녀의 어머니가 나의 어머니일지도 모른다고, 우리 공통의 어머니일지도 모른다고 생각하는데, 그건 내가 여전히 나를 젊은 여자로 생각하기 때문이지만, 나는 사실 그 어머니와 나이가 같다. 내가 그 어머니와 나이가 같다는 것을 깨달으려면 내게는 아마 오랜 시간이 걸릴 것이다. 그러나 그때쯤 나는 훨씬 더 늙었을 테니, 결국 엉뚱한 것을 깨달을 것이다.

나는 또 다른 중년의 여자, 어머니 같은 여자를 보며 어쩌면 그녀가 우리 어머니일지 모른다고 생각하지만, 나 자신도 그녀와 나이가 거의 비슷하다. 그러나 그녀가 우리 어머니가 될 수 없다는 사실을 내가 어쨌든 이해한다면, 나는 혹시 우리 어머니가 됐을 수도 있는 이 여자를 어머니로서 잃게 될 뿐 아니라 그 나이였을 때의 우리 어머니마저 잃게 된다.

내가 어머니 같은 중년 여자들을 보며 우리 어머니일지 모른다고, 우리 어머니라면 좋겠다고, 내 삶으로 들어와서, 다시 들어와서 나를 보살펴주면 좋겠다고 계속 생각한다면, 나는 이제 내가 그들보다 훨씬 늙었다는 사실을 계속 잊고 있는 것이다.

나는 어머니가 사라진 것에도, 혹은 아버지가 사라진 것에도 익숙해지지 않는다. 그들 나름대로 이런저런 일을 책임지고, 이런저런 일을 해결하고, 나와 우리 모두를 돌보며 계획을 세웠다 바꾸고, 운전 중에 길을 잃었다 다시 찾고, 집과 차와 호텔 방 열쇠를 잃었다 다시 찾곤 했던 그들이 사라졌다는 사실에 익숙해질 수 없다. 나는 멀끔한 남자 대학생들이 쫓아다니던 아름다운 언니가 사라진 것에도, 라틴어 교본과 터치 타이핑 교본과 첼로를 들고 다니던 고등학생 오빠가 사라진 것에도 익숙해지지 않는다.

가끔 나는 내가 여자라는 것도 까맣게 잊어버리는데, 그럴 때 나는 노화의 여러 징후가 나타나는 이 여자의 몸이 아니라 더 작은 몸, 이 몸의 절반 정도 되는 몸, 성별이 없거나 별로 나타나지 않은 몸, 햇살이 내리쬐는 뒤뜰로 나가 사과나무를 노상 오르고 싶어 하는 몸 안에 있다.

얘기할 게 별로 없음

데이비드가 내게 쓴 쪽지를 캐럴 편에 전달한다. 한 여자가 슈퍼마켓 재활용 센터에서 샴푸병을 돈으로 교환하려 했다고 썼다. 그는 내가 흥미로워하리라 생각한다. 맞다.

더 자세히 얘기해줘요, 내가 이메일로 묻는다.

아, 그게 끝이에요. 더 이상은 없어요, 그가 이메일로 답장한다.

언제였어요? 병이 얼마나 많았어요? 그 여자는 왜 그랬대요? 다른 사람들은 어떻게 했어요? 내가 묻는다.

그는 하는 수 없이 쪽지를 다시 보낸다. 제목: "얘기할 게 별로 없음."

내용은 이렇다.

시간 — 이른 아침, 식사 후, 영감들이 장 보러 가기 좋아하는 시간.

장소 — 워터타운 프라이스 초퍼 슈퍼마켓, 병 반납대가 있는 좁은 복도, 끈적거리는 바닥, 퀴퀴한 맥주 냄새.

인물 — 재활용품을 담은 비닐봉지를 들고, 샴푸병 하나당 5센트에 교환하려는 50대 여자. 뜻대로 되지 않지만 여자는 좌절하지 않고 다른 병들을 꺼내 바꾸려 한다. 결국 가까이에 있던 한 남자가 몸을 기울이며 속삭이자 그만둔다.

늦은 오후

이 소금 알갱이에서 나와
조리대를 가로지르는
그림자는 정말 길구나.

아버지 팔 걱정

아버지가 오른팔을 깔고 자는 문제를 어떻게 해결할까? 아버지는 불편하다. 팔이 몸 아래 있으니 갈비뼈를 파고들어 불편하고, 체중이 팔을 내리누르니 팔이 아프다. 아버지는 중요한 문제도 아니고 우리가 고민할 문제도 아니라는 듯 가만히 미소를 지으며 말한다.

아버지는 여러 해 전에 세상을 떠났다. 그러나 그 문제는 여전히 해결되지 않은 채로 내 마음에 남았다. 아버지는 이제 편안히 주무시려 애쓰지도 않고 사실 이젠 팔도 없는데.

기회주의적 홀씨

그가 와인 상자를 들고 들어올 때 그녀가 문을 잡아준다.
작은 솜털로 떠다니던 홀씨 하나가 그 기회를 놓치지 않고 그를 따라 집으로 들어온다.
(알고 보면 홀씨로서는 좋은 선택이 아닐 테지만.)

우리의 젊은 이웃과 그의 파란색 작은 차

우리의 젊은 이웃과 그의 시끄러운 작은 파란색 차. 아주 이른 아침 그는 어떻게 동네 길을 맹렬히 질주하며 왔다 갔다 하는가. 사실 그는 어딘가로 가려는 마음도 없고, 가끔 그의 뒷마당에서 하는 것처럼 엔진을 시험하고 있지도 않다. 날이 밝기 전 그는 우리 집을 지나쳐 동네 길 끝까지 질주한 다음 북쪽으로 방향을 틀어 식품 판매점을 지나 중심가로 달려간다. 그의 엔진 소리가 점점 희미해지다가 사라진다. 그 소리는 분명 그의 경로에 있는 모든 이를 깨우거나 자극할 것이다. 그는 떠난 지 10분 뒤에 차를 돌려 집으로 온다. 다시 그의 엔진 소리가 정적 속에서 희미하게 들리다가 점점 커지며 우리를 덮친다. 아마 그는 멀리에서 우리를 떠올리고는, 우리가 감사한 마음으로 다시 잠이 들었을까 염려하며, 다시 깨우고 싶었을 것이다. 그러나 일단 집에 잠시 있다 보면 중심가의 여러 집이 떠오를 테고, 감사한 마음으로 다시 잠이 들었을 사람들을 위해 다시 나갈 때가 됐다고 생각하며 동네 길로 나가 길 끝까지 질주한 다음, 식품 판매점을 지나 중심가로 달려갈 것이다. 그러고는 잠시 뒤에 멀리에서 아마 우리 동네를, 우리 동네의 평화로운 목초지를, 초원과 숲, 밝아오는 새벽의 앞마당들, 풀잎에서 막 반짝이기 시작한 이슬들을 떠올리고는 돌아와야 한다고, 우리에게 어떤 활기를 전해야 한다고 생각하며 다시 방향을 돌릴 테고, 우리 귓가에는 다시 그의 엔진 소리가 들려올 것이다. 처음에는 정적 속에서 희미하게 들리다가 점점 커지며 우리를 덮칠 것이다.

　혹은, 그는 어쩌면 그냥 순찰을 돌고 있는 우리 동네 야경꾼인지도 모른다. 모두 이상 없음!

시끄러운 두 여자

저 시끄러운 두 여자—
열차에서 내 근처에 앉아 그렇게 쉴 새 없이 말을 하려면
최소한 흥미로운 대화를 할 수도 있을 텐데,
내가 엿듣고 싶도록!

겨울 편지

사랑하는 아이들에게,

이 편지가 끝없이 이어지지 않도록 노력할 거란다. 내가 무언가에 너무 오래 매달려 있으면 아빠가 불안해하거든. 우리가 요즘 어떻게 지내는지만 알려줄게.

요즘에는 날씨가 정말 춥고 눈도 많이 와서 우리는 집 안에서 주로 지낸다. 우리는 건강하게 먹으려 애쓰는데, 새롭게 발견한 최고의 음식이 뭔지 아니? 바로 무란다! 아빠가 매주 가게에서 무를 사 오지. 무는 색이 아주 다양해. 무청도 요리해 먹는다. 또 다른 소식은 내가 이제 애플소스를 직접 만든다는 거야. 병에 담긴 애플소스를 사다 먹었었는데, 어느 날 라벨을 읽다가 뭘 알아냈지 아니? 그 사과들이 캐나다에서 재배돼 캘리포니아로 운송되고, 캘리포니아주 샌타크루스에서 애플소스로 제조된 다음 여기 동부로 온다는구나. 우리가 바로 사과의 고장 한복판에서 사는데 말이다! 그래서 이제 나는 애플소스를 직접 만든단다.

그 뒤부터는 우리가 사 오는 음식의 라벨을 모두 읽어보고 있단다. 내가 아주 좋아하는 채소 육수 큐브가 스위스산이라는 게 믿어지니! 아빠가 제일 좋아하는 빵가루는 일본산이야!

빵가루가 말이다! 정말 부끄러운 일이지.

그래서 요즘에는 직접 만들어 먹는 음식이 더 많아지고 있다. 그리고 나는 요즘 식탁에서 다른 의자에 앉고 있단다. 한번은 고양이 하나가 내 의자에 앉는 바람에 다른 자리에 앉아야 했는데, 그 자리에 앉고 보니 접시 진열장 대신 창밖 나무가 보여서 좋더구나. 그래서 우리는 당분간 이렇게 앉아보려는 중이야.

그리 흥미진진한 사건은 아니지만, 그게 우리 삶이란다.

여기 집 안에 있는 야생동물 관찰기! 주방에 무당벌레가 아주 많단다. 하나가 주방 조리대로 내려오곤 하는데, 늘 같은 녀석인지는 모르겠구나. 무당벌레들이 무얼 하는지, 그 작은 다리로 어떻게 걸어 다니는지 보는 게 좋다. 집에 있는 벌레 책에서 무당벌레를 찾아봤더니 진딧물만 먹는다고 하던데, 아니더구나. 그 녀석들한테 마멀레이드도 줘보고 고양이 사료와 상추, 셀러리도 줘봤다. 다 좋아한다. 그 녀석들이 뒤집혀 있는 상태에서 몸을 다시 뒤집는 모습을 보는 게 좋단다. 처음에는 허공에 다리를 흔들며 무언가를 붙들려 하다가, 붙들 게 없으면 옆으로 날개를 펼치면서 몸을 휙 뒤집더구나.

날씨가 아무리 춥더라도 잠깐이라도 매일 밖에 나가려 한다. 마당은 조금 지루하지만 걸어서 두 바퀴를 돌아본단다. 눈에 찍힌 동물 발자국도 살펴보지. 대개 토끼 발자국이지만, 한번은 헛간 옆에서 주머니쥐 발자국도 봤다. 적어도 내가 보기에는 그런 것 같더구나. 집에 들어와서 찾아보니 내 생각이 맞았어. 작은 발가락들이 사방으로 향하게 찍힌 모습이 별처럼 보인단다.

 겨울에는 새 둥지를 더 쉽게 찾을 수 있으니 새 둥지도 좀 수집하고 싶은데, 네 아빠는 냄새가 날 수도 있고 조류독감 같은 병을 옮길 수도 있다는구나.

 우리도 걱정이 없진 않단다. 아빠는 네가 크리스마스에 선물한 와인색 천 가방을 여전히 찾지 못했어. 우편물 가방으로 늘 썼는데 말이다. 다른 가방이 많다고 얘길 해도 꼭 그걸 찾는구나. 그리고 고양이들 말이다. 가끔 아침에 일어나 보면 마룻바닥에 오줌 웅덩이가 고여 있거나 토한 자국이 좀 있단다. 화장지를 바닥에 온통 풀어놓을 때도 있고.

 우리 두 사람이 온종일 함께 있는데 그게 힘들 수가 있단다. 이런저런 일들에 대한 의견이 다르니까. 어떤 고양이 화장실이 좋다거나 언제 저녁을 먹을지 같은 문제에 대해 의견이 다를 수 있지. 가끔 나는 관계를 개선해보려 애쓰기도 한단다. 더 친절하게 굴려 하지. 그런데 네 아빠는 늘 엇비슷해서, 겨울이나 여름이나 친절하단다. 기분이 나쁠 때만 빼고. 그러다가 이런저런 일에 대해 내 탓을 하곤 하지. 이를테면 내가 샤워기 헤드를 움직였느냐고 탓하기도 해.

요즘 내가 기대하는 한 가지는 며칠 뒤에 예정된 동네 도서관 외출이다. 네 아빠는 우리가 집을 벗어날 때마다 꽤 쾌활해진단다. 사실 집에서 멀리 갈수록 더 쾌활해지지만, 그렇게까지 멀리 가지는 않을 거야.

외출 이야기가 나왔으니, 10월에 텍사스 구릉지대에 다녀온 이야기를 더 듣고 싶다고 했지. 잊어버리기 전에 이야기해주마. 우리가 텍사스에 갔었고 그곳에 머무는 동안 비가 엄청나게 내렸다는 건 말했지만 그게 이야기의 전부는 아니란다.

알다시피, 그곳에 내려가서 이틀쯤 보내며 식물들도 보고 내 친구 비와 그녀의 새집과 개(와 남편)를 보려고 했지. 내려가는 길은 괜찮았단다. 우리는 비행기에서 샌드위치 하나와 감자칩을 나눠 먹고는 둘 다 기내지를 읽었어. 아빠는 접이식 지도를 펴고 우리가 있는 곳을 찾아내며 즐거워했단다. 그러고는 스도쿠 퍼즐을 풀었고, 나는 마이클 크라이턴의 책을 읽었지.(그러고 곯아떨어졌다고 아빠가 나중에 말하더구나. 읽고 있는 부분을 손가락으로 짚은 채 꼿꼿하게 앉아서 잠이 들었다고.)

비는 공항에 와서 우리를 태우고 바로 자기 집으로 데려갔단다. 우리의 계획은 첫날 저녁은 비와 함께 보내고, 이튿날은 비가 바쁘니 숙소에 머무는 거였지. 그리고 그다음 날은 비와 함께 다시 시간을 보내려고 했어. 결국 그렇게 되지는 않았지만 말이야.

우리는 비의 집을 구경하고 귀엽고 작은 개 헨리와 놀며 즐거운 시간을 보냈단다. 헨리는 재주를 부릴 줄 알더구나. 비가 헨리의 장난감을 수건에 싸서 바닥에 던지면 헨리가 수건을 풀고 장난감을 찾아낸단다. 비는 집이 좋은 동네에 있어서 비싸다고 하더구나. 요즘 다들 오스틴으로 이사를 와서 그런 것 같다고 말이야. 담보대출을 두 개나 받아야 했대. 상황이 어떨지 짐작이 간다. 비의 남편을 만나기는 처음인데, 우리는 거실에 앉아 그와 잠시 이야기를 나눴어. 괜찮은 사람 같더라. 그리고 서서 일하는 책상을 갖고 있지 뭐냐! 그 뒤 비와 나는 일식집에 식사를 하러 나갔다. 네 아빠와 비의 남편은 뭔가 흥미로운 대화를 시작해서, 집에 남아 맥주 두어 잔을 하며 샌드위치를 (아메리칸 스타일로!) 만들어 먹겠다더구나. 일식집에 가니 주방장이 우리를 위해 선택한 온갖 요리를 대접했어. 비는 요즘 그런 음식을 먹는다더라. 흥미롭기는 했다.

그 뒤에 비가 호텔까지 태워다 주었는데, 어둠 속에서 호텔을 찾아내느라 애를 먹었다. 아, 정말 어두웠어. 호텔은 목장 부지를 구불구불 통과하는 긴 길 끄트머리에 있었다. 도착했을 때 우리는 잠들 준비가 돼 있었지. 하지만 잠을 그리 잘 자지는 못했단다. 침대보 밑에 필로우탑을 끼워 넣은 침대가 너무너무 푹신한 데다 누비이불이 너무 무거웠어. 텍사스 사람들은 바깥 온도와 상관없이 노상 에어컨을 틀어놓으니 그렇게 무거운 침구 밑에서 자야 하는 것 같더구나.

그런데 우리는 단단한 매트리스 위에 누비이불 없이 창문을 열어둔 채 자는 걸 좋아한다. 그래서 이튿날 아침 침대를 완전히 새롭게 정돈했어. 아빠는 내가 그러고 있는 걸 봐줄 수가 없었단다. 너도 알다시피 아빠는 내가 무언가에 열광적으로 매달리는 걸 싫어하지. 그래서 잠깐 산책하러 나가더구나. 내가 침대 정리를 마쳤을 때, 아빠가 나를 데리고 나가서 자기가 찾아낸 걸 보여줬어. 진입로 옆에 펼쳐진 넓은 채소밭이었지. 근사하더구나.

숙소는 정말 괜찮았다. 2층짜리 목조건물 몇 채로 이루어졌는데 앞뒤로 개방형 발코니가 있었어.(우리 방은 2층이었다.) 언덕 꼭대기에 있었고, 주변 부지가 아주 넓었어. 그곳에 머무는 동안 부지가 32헥타르쯤 된다는 걸 알게 됐는데, 텍사스에서는 대단하게 여겨지진 않는 면적이었지. 하지만 이제는 시대가 달라지긴 했다.

호텔에서 목장 견학을 진행한다고 해서 신청했단다. 우리 둘만 보내기로 한 날이었으니까. 사실 구릉지대 견학이나 다름없어서, 식물과 동물 등을 살펴본단다. 두 시간이 걸리는 코스야. 어떤 식이냐면, 우리를 지프차에 태우고 다니며 호텔 본관에서 먼 곳까지 목장 이곳저곳을 보여준단다. 가끔씩 지프차를 세워주니까, 차에서 내려 다리도 좀 펴고 조금 더 자세히 볼 수 있지. 직원들은 궁금해하는 것은 무엇이든 알려주지만 그리 말을 많이 하지는 않아서 좋았다.(물론 나는 질문을 많이 했단다.) 나는 호텔 주인이기도 한 운전사와 앞좌석에 앉았고, 아빠는 뒷좌석에 다른 손님 두 사람과 젊은 호텔 직원 한 사람과 함께 앉았지. 직원은 중간중간에 내려 문을 열어주기 위해 따라온 거란다. 바닥이 꽤 울퉁불퉁한 곳도 있어서 이리저리 휘청대지 않으려면 꽉 붙잡고 있어야 했다. 엄청나게 출렁대는 굉장한 경험이었단다!

우리는 10시에 출발했다. 처음에는 차로 강가를 달리며 지난여름 홍수가 났던 곳을 봤다. 나무가 정말 많이 뽑혔더구나. 죽은 나무 하나가 개울가에 누워 있었는데 독수리 떼가 나무를 온통 뒤덮고 있었어. 운전사이자 주인인 피트가 말하길, 홍수가 일어나기 전에, 나무들이 살아서 서 있을 때에는 독수리들이 이런 나무들에 앉아서 쉬었다더구나. 우리는 차에서 내려 물가로 내려갔지. 독수리들이 날아올라서 우리 머리 위를 잠시 빙빙 돌더니 멀리 있는 다른 나무에 내려앉았어. 독수리는 종류가 둘이었는데, 거의 똑같아 보이지만 공중에 떠 있을 때에는 날개 무늬가 다른 점이 눈에 띈단다. 피트는 홍수와 강에 대해 더 자세히 얘기해줬고, 그곳을 본 뒤 우리는 다시 차를 타고 길을 계속 갔단다.

염소와 소 들이, 그리고 말들이 풀을 뜯고 있는 곳을 통과했지. 제프리던가 제러미던가 하는 젊은 직원이 우리 차가 지나갈 수 있게 문을 열고, 지나간 뒤에는 문을 닫을 수 있도록 차를 자꾸 세워야 했단다. 젊은이가 아주 친절하고 활기차더구나. 그곳의 주요 식물은 떡갈나무였고, 백년초 선인장도 아주 아주 많았는데, 기이한 조합인 것 같다.

우리는 강을 굽어보는 전망대가 있는 높은 곳에서 다시 차를 세웠다. 전망대 난간에는 텍사스주 깃발이 있었어. 아주 낡

앉다고밖에는 말할 수 없는 깃발이었다. 그다음에는 호텔 부지에서 가장 높은 곳에 차를 세웠는데, 거기에는 주말에 빌릴 수 있는 작은 오두막을 지어놓았더라. 전기 없이 지내며 옥외 화장실을 사용하는 게 괜찮은 사람들을 위해서 말이다!

사실, 옥외 화장실을 보니 나는 퇴비화 화장실에 대한 이야기를 주인에게 하지 않을 수 없었다. 실제로 한 번 이용해본 적이 있거든. 아주 조용하고 냄새도 전혀 나지 않았어. 그 호텔도 퇴비화 화장실을 더러 설치해야 한다고 생각했지. 가뭄과 물 부족 문제가 생길지도 모르니까. 하지만 주인은 별로 관심을 보이지 않았고, 물론 네 아빠도 뒷좌석에서 아마 예의 바르게 미소를 짓고는 있겠지만 그 대화가 즐겁지는 않았겠지. 내 말을 자르며 주인에게 텍사스주 깃발의 문양에 대해 묻더구나. 그래서 나는 화장실 이야기를 눈치껏 멈췄단다.

견학이 끝날 무렵 운 좋게도 길달리기새가 우리 바로 앞에서 거의 지프차 밑으로 길을 건너는 걸 보았다. 실은 (운전사 말고는) 나만 봤지. 길달리기새는 처음 봤단다. 짙은 갈색이고 그리 크지 않은데, 뒤꽁무니에 길고 곧은 꼬리가 삐죽 나와 있지. 우리 방에 조류 도감이 있어서 나중에 찾아봤더니, 그 녀석들이 날지 않고 달리기만 한다는 게 정말 사실이더라. 우리 차 앞에 작은 노랑나비 떼가 구름처럼 몰려 있는 모습도 한 번 봤단다. 어쩌면 흰색이었는지도 모르겠다. 코요테 똥을 먹고 있다고 주인이 말하더구나. 정오쯤에 호텔로 돌아왔지.

　남은 하루는 더 한가했다. 점심을 먹고 나서 이번에는 호텔 건물을 둘러봤지. 작은 서재가 있었는데 아빠의 관심을 끄는 전쟁사책들이 꽂힌 책장이 있었어. 그다음에는 우리 방에 있는 소책자며 이런저런 것들을 들춰봤지. 그러고는 누워서 잠시 동안 책을 읽다가 낮잠을 잤다. 저녁 식사는 너무 좋았다. 인근에서 최고로 꼽힐 것 같은 식당이었어. 저녁을 먹은 뒤에는 뒤 베란다에 나가 다른 손님들과 이야기를 나눴지. 사람들이 상냥하더구나. 전국 각지에서 사람들이 올 거라 생각했는데 거기 있는 사람들은 대개 휴스턴에서 사는 듯했어. 이곳 텍사스 사람들은 정말 말씨가 다르더구나. "슬립(sleep)" 대신 "슬레입(slape)"이라고 한단다. "그린(green)"은 "그레인(grane)"이라고 해. 아빠는 자기처럼 전쟁사에 관심이 있는 휴스턴 남자와 친해졌다. 우리는 일찍 잠자리에 들었다. 이미 상당히 활동적인 이틀을 보냈지!

　이튿날 아침 비가 우리를 데리러 오는 게 계획이었단다.(비의 남편은 바쁘다더구나.) 비는 호텔 근처, 가장 가까운 도시에 있는 명소로 우리를 데려가기로 했는데, 바로 캐서린 앤 포터가 살았던 집이란다. 사실 그곳에서 그다지 오래 살지는 않았고, 포터의 할머니 집이었지. 하지만 포터는 이 지역에서 워낙 유명 인사여서 우리가 묵던 방의 이름까지 포터 룸이었지.

그런데 어떻게 된 줄 아니? 자연은 우리와 생각이 달랐다. 한밤중에 요란한 뇌우 소리가 들려 우리는 잠에서 깼단다. 번개와 천둥을 동반한 엄청나게 격렬한 폭풍이었고 비가 우리 방 발코니에 마구 들이쳤지. 발코니는 비바람에 무방비로 노출된 곳이었단다. 창문 밖으로 번개가 번쩍이는 하늘이 보이더구나. 비가 오고 또 왔어.

그러다가 이튿날 아침 8시에 프런트에서 연락이 왔다. 토네이도 주의보가 내려서 투숙객들 모두 주방으로 내려와달라고 하더구나. 우리는 아직 잠옷 바람이었단다. 30분 안에 토네이도가 들이닥칠 위험이 있다고, 그렇게 지나가면 끝일 거라고 했지. 그래서 나는 옷을 갈아입을 시간이 없다고 생각했어. 아빠는 토네이도보다 잠옷 바람에 나가는 게 더 신경 쓰이는 사람이라 옷을 좀 입었지만 나는 호텔에 비치된 테리 천 가운을 걸치고 나갔지. 우리는 더 빠르게 내려갈 수 있는 발코니 계단으로 내려갔다. 비가 건물 옆면으로 비스듬히 들이치며 우리를 적시고, 발코니의 나무 데크도 미끄럽고 계단도 미끄러워서, 미끄러지지 않고 내려가는 데만도 시간이 꽤 걸리더구나. 나는 파리에서 산 작은 접이우산도 들고 갔지만 바람이 너무 세서 펼 수 없었단다.

물론 목욕 가운을 입고 온 사람은 나밖에 없었지. 아침 식사를 하는, 상당히 작은 그 방에서 테리 천 가운을 걸친 나는 상당히 큼직한 물건이었다. 하지만 알다시피, 나는 이제 그런 일로 부끄러워할 나이가 아니란다. 분위기는 쾌활했고, 다들 날씨 얘기를 하긴 했지만 그 누구도 토네이도를 두려워하진 않는 듯했다. 사람들이 비에 흠뻑 젖어 웃으면서 수건을 들고 들어왔지. 우리는 커피 주전자의 커피를 머그잔에 따라 마시며 토네이도 주의보가 해제되길 기다렸다. 다른 손님들 몇과 이야기를 나눴지. 사실 토네이도가 올 것 같지도 않았고, 실제로 오지도 않았단다.

하지만 비가 멈추질 않았고, 나중에, 아침 식사 후에 듣기로는 밤사이 비가 너무 많이 내려서 주변에 있는 여러 시내와 강이 불어났고 몇몇 도로까지 침수됐다더구나. 그 말을 들으니 조금 걱정스럽긴 했어. 호텔이 고지대에 있긴 했지만 말이다. 그날 떠나기로 했던 젊은 커플은 일단 출발해보기로 결정하고는 어떤 길로 가야 할지 의논하고 있더구나.

그러더니 도로가 완전히 잠겼고 사실상 도시 전체가 봉쇄됐다는 소식이 들려왔다. 다들 실내에 머물러야 한다는 거야. 우리는 비에게 전화를 걸어 그날 만나기로 한 계획을 취소했지.

아빠가 아쉬워했는지는 잘 모르겠다. 호텔에 머무는 걸 더 좋아했던 것 같긴 하다. 호텔은 정말 쾌적하고 식사도 잘 나오고 재미있는 책도 있었으니 아마 귀 아프게 떠들어대는 여자 둘과 구경 다니는 것보다 좋았겠지. 사실 나도 구경에는 그다지 흥미가 있지 않았지만 비가 보고 싶었지. 어쩌다 보니 너희 아빠와 나는 책을 많이 읽는 사람들인데도 캐서린 앤 포터의 책은 한 권도 읽지 않았더구나. 포터의 가장 유명한 책 제목은 알고 있지만 말이야. 『바보들의 배』 말이다. 너도 읽지 않았을 거라 본다. 너무 어리니까. 그 책에 대해 들어봤니? 사실 우리 방 벽난로 선반 위에 한 권이 있었단다.(우리 방에 벽난로가 있었는데, 믿기지 않겠지만 욕실로도 연결돼 있어서 원한다면 욕실에서도 난롯불을 즐길 수 있단다.) 책을 펼쳐 시작 부분을 보니 '등장인물 소개'가 세 쪽에 걸쳐 이어지더구나! 내가 그 소설을 읽을 일은 없겠다고 생각했지. 그래도 나는 오래된 집들을 좋아하는 데다, 역사적 장소를 둘러보는 건 늘 즐거운 일이지. 그리고 비와 시간을 좀 더 보내지 못하리라는 게 아쉬웠다. 우리가 텍사스에 내려간 이유 중 하나가 비를 만나는 거였는데 말이다. 우리는 이튿날 비행기를 타고 집으로 왔어. 그러니 비 부부와 그 작은 개 헨리와는 첫날 저녁을 보낸 게 전부였지.

그런데 그날 나중에, 점심 뒤에는 한동안 날씨가 개었단다. 구름이 조금 흩어지는 듯했지. 하늘은 여전히 폭풍우가 칠 듯한 기미를 보였지만 더 밝아지긴 했어. 우리는 잠시 카드 게임을 했고, 그 뒤에 네 아빠는 드러누워서 아래층 서재에서 들고 온, 율리우스 카이사르에 대한 책을 읽었고 나는 산책을 가기로 결정했단다. 드디어 모험의 순간이 왔도다! 우리가 함께 여행할 때면 나는 잠깐이라도 혼자 나가는 걸 늘 좋아하지. 나는 네 아빠보다 천천히 걷거든. 아빠는 목적지에 도착하는 것에 관심이 있지. 나는 천천히, 모든 것을 네 아빠보다 훨씬 오래 들여다보는 편이야. 어쨌든 네 아빠는 그 채소밭을 보러 갔다 왔으니 산책이라면 이미 할 만큼 했다더구나.

나는 강 쪽으로 가볼 생각이었다. 어니언 크리크라는 강이란다. 호텔도 그 이름을 땄어. 더 인 앳 어니언 크리크라고. 호텔이 있는 곳에서 꽤 멀리 아래로 내려가면 나온단다. 2층 뒤쪽 발코니에서 나무들 틈으로 강이 조금 보인다. 그날 더 이른 시간에 뒤쪽 발코니에 나가서 객실에 비치된 탐조 쌍안경으로 살펴봤더랬지. 나무토막과 이런저런 잔해들이 하류로 떠내려가는 것 같더구나. 그날 아침에 들었던 극적인 뉴스를 떠올리며 어쩌면 떠내려가는 헛간이나 동물이 보일지 모른다고 생각했는데 보이지 않았다.

우선 아래층으로 내려가서 코팅된 접이식 지도를 하나 구했다. 뒷문 근처 산책로 옆에는 지팡이를 꽂아둔 통도 있더구나. 그래서 지팡이 하나를 집어 들었지. 워킹화를 신었지만 도시 산책용이어서, 돌이 아주 많고 빗물 때문에 미끄럽고 진흙탕이 된 이런 산책로에는 그다지 잘 맞지 않더구나. 접이식 지도에는 길 여러 개가 표시돼 있었는데 길가 나무와 관목 옆에 표시된 숫자와 함께 다양한 식물의 이름과 정보를 알려준단다. 이를테면 아메리카 원주민들이 그 식물을 뭐라고 불렀는지 알려준다. 흥미롭긴 했지만 번호를 항상 찾아내지는 못했고, 식물에 관한 정보를 기억하려 애쓰다 보니 조금 피곤했지. 어떤 식물이든 아메리카 원주민들은 그 일부를 약으로 썼던 것 같더구나.

어쨌든 산책을 시작하자마자 아주 기묘한 경험을 했다. 10분쯤밖에 걸어가지 않았을 때였어. 벌써 숫자 몇 개를 지나며 잠깐 멈춰 식물에 대한 설명을 읽었지. 그러다가 산책로가 조금 아래로 기울어지면서 또 다른 산책로가 내 산책로와 마주치는 교차로 같은 곳에 도착했단다. 지도에서 그곳을 찾아보려고 걸음을 멈췄지. 지도에는 노란색으로 표시돼 있더구나. 그러다가 고개를 들고 다른 산책로가 있는 왼쪽으로 고개를 돌렸는데, 어떤 회색 얼굴 같은 것이 나를 보고 있어서 소스라치게 놀랐다. 얼굴은 바닥에서 그리 높은 곳에 있지는 않았는데, 곧 너구리 얼굴이라는 걸 깨달았지. 6미터쯤 떨어져 있었고, 앉거나 쪼그린 채로 몸을 곧추세우고 나를 향해 있었다. 이파리들 주변에 얼굴이 떠 있는 것처럼 보이더구나. 길(너구리의 길)이 구부러져 있어서 몸은 보이지 않았단다.

  그 녀석이 눈에 들어온 뒤 나는 움직이지 않았지. 녀석도 가만히 있더구나. 그러다가 몸을 다시 굽히고 네 발로 아주 차분하게, 코를 땅에 박고는 길 한쪽에 길게 자란 풀 틈으로 들어가더니 다시 나와서 반대편 풀 냄새를 잠시 맡았어. 그러다가 길로 돌아와서는 나를 향해 오더구나. 머리를 숙인 채 코를 킁킁대며 길을 따라 천천히 오는데, 내게는 아무 관심도 보이지 않았어. 녀석이 내가 거기 있는 걸 아는지 궁금하더구나. 뒤뚱거리는 듯한 걸음으로 계속 내 쪽으로 다가왔어. 나는 겁이 조금

났단다. 야생동물이 내게 다가오기는 처음이었거든. 광견병에 걸린 듯하진 않았지만, 예전에 들었던 이야기가 떠올랐어. 대낮에 야생동물이 사람에게 가까이 다가온다면 아마 광견병에 걸렸을지 모른다고 말이지.

분명 내 냄새를 맡은 것 같더구나. 다시 몸을 세우고 뒷발로 쪼그려 앉더니 공기를 킁킁대는 듯했어. 얼굴을 내게 향한 채 코를 높이 들어 올렸단다. 나는 이제 녀석이 놀라서 몸을 돌려 달아날 거라 생각했지. 그런데 코를 다시 길에 박고는 바닥을 내려다보면서 다시 뒤뚱거리면서 점점 더 가까이 오는 거야. 두어 번쯤 풀밭으로 들어가 킁킁거리며 발로 바닥을 긁다가 다시 나오더라. 드디어 내게서 30센티미터쯤밖에 떨어지지 않은 곳까지 다가왔단다. 거의 만질 수도 있을 정도였지. 나는 진짜 무서워졌어. 언제라도 녀석이 내가 거기 있는 걸 알고는 달려들어 물 것 같지. 하지만 나는 여전히 움직이지 않았단다. 어떻게 될지 보고 싶었거든. 이제 녀석의 얼굴이 또렷이 보였다. 눈 한쪽이 희부옇더구나. 녀석에게 백내장이 있어서 시야가 어두운지 모른다는 생각이 들었어. 사실, 어쩌면 아예 보지 못할 수도 있지. 건강해 보이긴 했지만 나이가 들었는지 몰라. 털이 군데군데 조금 엉겨 붙어 있더구나. 어쩌면 늙어서 앞이 잘 보이지 않거나 냄새를 잘 맡지 못하는 것일 수도 있지.

너석은 내가 거기 있는 걸 모르는 것 같더구나. 멈춰서 여전히 네 발로 가만히 서 있었지만 내 쪽을 보지는 않았어. 그러다가 내 길을 가로질러 녀석이 원래 있던 길의 반대편으로 가더니 결국 덤불 틈으로 들어가 사라져버렸다. 나는 그곳에 잠시 서 있었지만 녀석은 다시 나타나지 않았단다.

너무 이상했던 건 내가 보이지 않는 존재가 된 듯한 기분이었어. 아니, 그것보다 더 심했다. 내가 그곳에 전혀 있지 않은 것 같았지. 어떻게 설명해야 할지 모르겠구나. 야생동물이 너를 코앞에서 지나치면서도 전혀 주목하지 않았다면, 너는 진짜 거기에 있진 않았던 거잖니.

나중에 몇 사람에게 이 일화를 얘기했더니 이렇게 말하더구나. 음, 호텔 때문에 사람들에게 익숙한지도 몰라요. 하지만 나는 동물이 사람을 그렇게 무시할 순 없다고 생각한다. 도망가거나 공격하거나 먹을 걸 달라고 하지. 안 그러니? 나는 그때 나무였다고 할 수 있지.

어쨌든, 그러고 나니 불안해졌단다. 다른 야생동물, 이를테면 코요테 같은 동물을 마주칠지 모른다는 생각이 들었어. 목장 주인 피트 말로는 곰은 없지만 코요테는 많다고 했거든. 코요테 때문에 목초지에 그레이트 피레네종 개들을 염소들과 함께 둔다고 했어. 어쨌거나 나는 계속 산책을 하기로 했다. 모험을 조금 하긴 했지만 그리 멀리 오진 않았으니까. 내 뒤로 호텔이 여전히 보일 정도였단다.

산책로를 따라가니 벤치 하나가 나왔고, 그리 멀지 않은 아래쪽에 개울이 보였어. 물이 상당히 불어나 있었고 흐린 갈색이었는데, 이상하게도 아침과는 반대 방향으로 흐르더구나. 물론 그럴 리는 없었지. 그날 아침에 쌍안경으로 주의 깊게 보긴 했어도 착각했던 거겠지. 계속 걸어갔단다. 이제 길은 개울을 향해 비스듬히 내려갔어. 구름이 다시 모여들기 시작해서 사방이 더 어두워졌고 비가 몇 방울 떨어지더구나. 길이 점점 더 가팔라져서 내 도시용 워킹화가 미끄러졌단다. 지팡이를 들고 와서 다행이었지. 하지만 개울까지 내려갔다가는 올라올 때 너무 힘들까 무섭더구나. 그리고 비가 다시 세차게 올까 봐도 무서웠지. 물이 아주 빠르게 불어나서 나를 집어삼키고 쓸어가버릴지 모르니까.

그래서 호텔로 올라가는 다른 산책로를 만났을 때 그 길로 가기로 했지. 지도에는 빨간색으로 표시된 길이었어. 산책을 많이 하지 않았는데도 안전한 곳으로 다시 향하는 순간 기분이 곧 좋아지더구나. 바로 그때 비가 다시 세차게 내리기 시작했어. 호텔에 다가갈 무렵에는 옷이 꽤 젖어 있었지.

뒤 베란다에서는 지배인이 새 손님에게 산책로와 지팡이 통을 보여주고 있더구나. 코팅된 지도에 대해 얘기해주고 있었어. 손님은 미소 띤 얼굴로 듣고 있었고, 내가 베란다로 다가가니 미소를 지었다. 하지만 호텔 입장에서는 내가 그리 좋은 홍보가 되지는 않았을 것 같다. 젖은 옷과 진흙투성이 신발로 힘겹게 비를 헤치며, 아마 여전히 조금 겁먹은 표정으로 걸어왔을 테니 말이다.

그다음 얘기는 지루하게 늘어놓지 않으마. 내가 신발을 닦을 걸레를 부탁하자 직원이 큼직한 낡은 수건을 갖다준 얘기며, 정원 창고 옆 수도에서 한 발로 엉거주춤 균형을 잡으며 신발의 진흙을 털어낸 얘기(게다가 비가 여전히 오고 있었다) 등등은 하지 않으마. 하지만 진흙을 어느 정도 털고 나서는, 방으로 올라가 욕실에서 신발을 더 씻어낸 다음 아빠에게 너구리 모험담을 들려줬지. 하지만 아빠는 그게 얼마나 묘한 경험이었는지 잘 이해하지 못하는 것 같더라. 책에서 한창 재미있는 부분을 읽던 중이라 다시 책으로 돌아가고 싶어 했지.

어쨌거나 대충 그렇게 보냈단다. 오랜만에 떠난 유일한 휴가다운 휴가를 말이야. 물론 다음 날 아침은 환하고 맑았다. 비와 함께 캐서린 앤 포터의 집을 구경하기에 완벽한 날씨였을 텐데. 하지만 우리는 공항으로 출발했다. 목장 견학 때 그 모든 문을 열어주던 친절한 젊은이가 우리를 태워다 줬단다. 일찍 도착한 덕에 선물 가게에서 텍사스 선물을 좀 고를 수 있었는데, 나와 모이는 독서 모임을 위한 크리스마스 선물을 주로 샀다. 비행기에서는 텍사스로 갈 때와 거의 같은 일들을 했다. 샌드위치, 포테이토칩, 마이클 크라이턴, 낮잠. 네 아빠만 스도쿠를 푸는 대신 율리우스 카이사르에 대해 생각했지. 그걸 어떻게 알았느냐면, 아빠가 이따금 몇 가지 사실을 알려줘서란다. 카이사르의 군대가 강을 건너기 위해 다리를 하루 만에 지었다든가, 적군이 숲에 숨으면 숲 전체를 베어냈다든가(!), 주로 빵을 먹었다든가 하는 이야기였지. 비행은 즐거웠던 것 같구나.

　여행이 조금 이상하긴 했지만, 대체로 즐거웠다. 우리는 네가 짐작할 수 있는 온갖 이유로 텍사스가 마음에 들지 않을 거라고 생각했었단다. 하지만 구릉지대는 아름답더구나. 그리고 사람들이 친절했어. 우리가 돌아오고 나서 며칠 뒤에 비가 캐서린 앤 포터의 집 마당에 있는 나무에서 열린 피칸 한 봉지를 보냈지 뭐냐! 껍데기를 까긴 힘들었지만 맛이 좋았다.

 마지막으로 두 가지만 알려줄게. 하나는 우리가 계획한 외출에 관한 이야기다. 텍사스만큼 멀리 가진 않는단다! 아빠는 열렬히 좋아하진 않지만, 그래도 긍정적이긴 하다. 그게 뭐냐면, 도서관에서 여는 앞치마 전시회야. 한 여성이 수집한 다채로운 옛날 앞치마를 전시하는데, 도서관 측에서 다른 사람들도 저마다 앞치마를 들고 와서 전시하라고 요청했다. 그래서 나는 서랍 두 개를 들여다보며 내 앞치마를 찾아봤지만, 내 것은 대부분 얼룩이 묻어 있구나. 앞치마 만들기 수업도 한다지만, 앞치마를 만들고 싶은 마음은 별로 없다. 또 하나는 지역신문에 소개된 발 마사지 강의 시리즈야. 알고 보니 발바닥에는 우리 온몸의 지도가 있다는구나. 나는 지금까지 몰랐단다. 발바닥 부위 하나하나가 우리 몸의 다른 부위와 상응한다는 거야. 그 기사에 따르면 여성 강사가 우리 발을 주무르고, 문지르고, 흔들고, 터는 방법을 알려준다는 거야. 물론 네 아빠는 자기 발을 문지르고 터는 법을 누군가에게 배우고 싶은 마음이 없겠지만 나는 관심이 있다.

 너희가 옛날처럼 손으로 쓴 긴 편지를 받고 싶다고 했으니 이렇게 보낸다. 도시에서의 생활은 어떻니? 너희가 보고 싶구

나. 너희가 찾아온 지도 한참이 지났다.

우리는 하루 종일 집 안에 꼼짝 않고 있었는데, 날씨가 그리 춥지 않으니 나가서 좀 걸어야겠다. 아마 이 편지를 들고 우체국에 가서 새 우표가 나왔는지도 살펴보겠지. 가끔 우리는 마음에 드는 우표 세트를 구입한단다. 그러고는 집에 와서 차를 마시며 우표 세트 뒷면에 적힌 설명을 읽지. 꽤 유익할 때가 많다.

너희 두 사람 모두에게, 아빠의 사랑도 담아서.
엄마가

카루소

어렸을 때 그는 왜 아버지가 가만히 앉아 축음기판으로 엔리코 카루소의 노래를 들으며 우는지 자주 궁금했다.

나중에 어른이 되었을 때 그는 아버지와 함께 가만히 앉아 카루소를 들으면서 울곤 했다.

펄과 펄린

우리가 알고 지내는 펄이라는 여자가 있었다. 펄은 우리 집 근처에서 살았다. 가족의 친구 같은 사람이었다. 펄은 소파 밑과 뒤, 의자 밑과 벽장 속에 모든 것을 쑤셔 넣는 방식으로 집을 치웠다. 그래서 우리 가족은 손님을 맞기 위해 서둘러 집을 치워야 할 때마다 "펄식"으로 청소한다고 말했다.

펄과 프레드는 아이를 가질 수 없어서 어린 소녀를 입양했다. 귀여운 아이였다. 이름이 미셸이었다. 펄은 아이에게 잘해 주지 않았다. 소문이 그랬다. 펄은 이른바 술꾼이었다. 술을 많이 마셨다. 부부가 다 술을 많이 마셨다. 그들은 숲속에 살아서, 고함을 질러대도 아무도 들을 수 없었다. 두 사람은 결국 주립 교도소와 주립 재활병원을 두 번 들락거렸다. 나는 부부 중 한 사람을 매달 법원에 태워다 주어야 했다. 여덟 달 동안이나! 우리 애를 집에 혼자 두고 갈 수 없어서 데리고 가야 했다. 판사는 우리가 법정에서 음식을 먹는다고 불평했다. 내가 달리 뭘 어찌해야 했을까?

나는 그들과 잘 지냈지만 늘 조마조마했다. 미셸이 결국 어떤 사람으로 자랄까? 미셸은 잘 자랐다. 잘 커서 해군에 들어갔다.

펄은 어떻게 됐느냐 하면, 결국 프레드를 떠났다. 그리고 무엇을 했는지 맞혀보시라. 펄은 다른 어딘가로 떠나 벨리댄서가 됐다! 펄이 떠난 뒤 프레드는 가정부가 필요했다. 그는 가정부를 구했는데, 그녀의 이름이 무엇이었는지 맞혀보시라. 펄린이었다! 그건 그가 재혼하기 전 일이었다.

직접 키운 순무로 얻을 수 있었던 것

1852년과 1853년을 포함해 이후 몇 년 동안 10월이면 조지 홀컴의 순무 수확량이 최고조에 이르렀다. 그는 가족과 고용된 일꾼과 함께 여러 날 내내 순무를 뽑고 잘랐고, 가끔 세 명의 아일랜드인 여자를 일손으로 고용하기도 했으며, 어떤 때에는 순무의 잎을 쳤고 어떤 때에는 그냥 놔두기도 했다. 수확이 끝나면 새해가 된 한참 뒤까지도 순무를 다음처럼 여러 상품과 용역으로 거래하곤 했다.

순무 반 부셸*을 헨리 크랜스턴의 가게에 들고 가서 생강 1파운드와 교환.
순무 두 부셸을 제화공 타일러 에이어스에게 주고 구두 수선비로 50센트 적립.
순무 한 부셸을 헨리 플랫과 현금 25센트에 거래.
순무 다섯 부셸을 메이슨 씨에게 주고 딸 세라를 위한 부츠 한 켤레와 교환.
순무 두 부셸을 조지 클라크와 한 부셸에 25센트에 거래.
순무 세 부셸을 벤저민 로드에게 주고 찰스 윌러의 가게에

• 곡물이나 과실의 부피 단위이며 약 30리터에 해당.

서 75센트어치 물품과 교환하기로 함: 조끼용 면 벨벳 1야드 (40센트), 단추 열두 개(6센트), 연필 두 개(2센트), 설탕 3파운드 (27센트).

재단사 저빈스에게 불특정한 양의 순무를 주고 아들 존을 위한 외투와 조끼를 재단.

순무 한 부셸을 대장장이 워커에게 주고 25센트 적립, 한 부셸을 대장장이 스톤에게 주고 같은 액수로 적립, 반 부셸을 의사 베이츠에게 주고 12.5센트 적립.

조지의 소시지 고기를 다져주는 대가로 리아스 다이크에게 순무 68센트어치를 줌.

순무 뽑기를 도운 대가로 매뉴얼 뷰튼에게 순무 두 부셸을 줌.

순무 두 부셸 반을 J. 콕스에게 주고 아들 존이 부러뜨린 아들 조지의 비탈용 쟁기 자루를 새로 제작.

순무 세 부셸을 클라크 하우스에서 사는 아일랜드인 제화공에게 들고 가서 한 부셸로는 외상을 갚고 두 부셸은 50센트로 적립.

순무 87센트어치를 피즈 마구 상회에 들고 가서 가죽 채찍과 벅스킨 채찍을 주문.

아사 팔머와 계약한 대로, 말에 편자를 박는 대가로 순무 세 부셸 반을 지불.

조지 P. 글라스 공장과 그곳 일꾼들에게 순무 여섯 부셸을 지불하고 붉은 플란넬 천을 야드당 25센트로 쳐서 교환. 순무를 더 많이 갖다주고 다시 플란넬 천으로 교환하기로 흥정.

순무 다섯 부셸을 윌리엄 L. 브라운 가게에 주고 당밀 2갤런과 설탕 5파운드 반과 교환.

순무 여섯 부셸을 부셸당 25센트로 쳐서 리아스 다이크에게 갖다주고 그 액수만큼의 수지로 받기로 함.

아들 조지의 죽은 양 세 마리의 털을 뽑아준 대가로 윌리엄 B. 맥슨의 집에 사는 아일랜드 남자에게 불특정한 양의 순무를 지불.

순무 반 부셸을 헨리 래펌에게 주고 예전에 구입한 삽 값을 완불.

잡지 권하는 여자

나는 한 여자와 전화로 다투고 있었는데, 나중에 보니 진짜 여자가, 아니 진짜 사람도 아닌 것 같았다. 나는 그녀에게 내 인간성의 작은 조각을 내주었는데 그녀는 별안간, 번개처럼 그것을 부숴버렸다. 내가 마음이 불편했던 이유는 전화를 끊으며 그녀가 화를 내서가 아니라 화를 내지 않아서였다. 그녀가 별안간 전화를 툭 끊은 이유는 그냥 내가 더 이상 그녀에게 쓸모가 없어져서였다.

사실 우리는 다툰 것도 아니었다. 그리고 "우리"랄 것도 없었다. 그러나 대화가 전화상으로 오가긴 했다. 그녀는 진짜 갑자기 전화를 툭 끊었다. 내 사고방식으로는 그때쯤 그녀가 진짜 여자가 아닌 것 같긴 했지만, 그래도 "그녀"라고 부르는 게 맞을 것이다.

그녀는 내게 엄청나게 많은 잡지를 주고 싶어 했다. 서로 다른 잡지 다섯 종을 제안했는데, 한 잡지는 60부, 다른 잡지는 120부 등등에 공짜 카메라도 준다고 했다. 그 무엇도 팔려는 게 아니라고 말했다. 나는 그 제안 어딘가에 분명 함정이 있을 거라 생각했고 그녀도 잠시 내 생각에 동의하는 듯했지만 함정은 없었다. 가끔 어조가 이상하긴 했지만 그녀는 나와 말하고 내 대답을 듣는 것 같았다. 그러다가 갑자기, 소름 끼칠 만큼 정확하게, 내가 이미 잡지 다섯 종을 구독 중인지 물었다. 나는 그렇다고 대답했다. 그러자 그 순간 그녀는 내가 더 이상 필요 없어졌고 전화를 툭 끊었다.

결혼 생활의 짜증 나는 순간
저녁 식사

그들은 저녁으로 무엇을 먹을까 이야기하고 있다.

결국 그는 무엇을 요리할지 그녀가 결정해도 좋다고 말한다.

그는 그녀가 식사 준비를 시작하는 모습을 지켜보다가 얼굴을 찌푸리며 덧붙인다.

"그래도 내가 먹고 아플 만한 건 말고……."

결혼 생활의 짜증 나는 순간
추론

그가 말한다.
아니, 우주가 존재하기 전에
무엇이 있었는지에 대해
당신이 무어라 추론하든
난 관심 없어.

불행한 크리스마스트리

한 늙은 여자가 자신의 크리스마스트리가 결혼하고 싶어 한다고 믿는다.

간호인이 말한다.

—아니에요, 그냥 나무잖아요. 안 보이세요? 이리 와보세요! 만져보세요!

늙은 여자가 가지를 만진다.

—아, 그러네요, 나무예요.

그러나 늙은 여자는 여전히 걱정한다.

—하지만 안에…… 안에 여자가 있어요. 밖으로 나와서 결혼하고 싶어 해요.

늙은 여자는 자신의 생각이 틀렸다는 걸 믿으려 하지 않는다. 한 시간 동안 앉아서 가만히 나무를 바라본다.

한 시간 뒤 간호인이 말한다.

—자, 걱정하지 마세요. 그냥 나무잖아요.

—하지만 슬퍼요, 그녀가 가여워요…… 저 작은 것들을 온몸에 달고……. 저것들은 작은 남자들인가요?

—아니요, 걱정하지 마세요. 저건 작은 남자들이 아니에요. 크리스마스 장식들이에요. 몇 년 동안 갖고 계셨잖아요. 해마다 우리가 꺼내 나무에 달잖아요.

―하지만 그녀에게 상처를 주고 있어요! 그녀를 찌르고 있잖아요! 그녀는 그냥 밖으로 나와서 결혼하고 싶을 뿐인데.

독일어 실력 키우기

평생 동안 나는 독일어 실력을 키우려 애썼다.
드디어 내 독일어가 나아졌다!
그러나 이제 나는 늙고 병들었다.
곧 죽을 것이다.
더 좋은 독일어 실력과 함께.

V

인사 시

안녕 자기야,
어떻게 지내
잘 지내길
난 이름이 재닛
여자야

너에 대한
나의 관계에 대해
답장해줘
나에 관해 네게 더 많이 알려줄게
반가워,
재닛

두 소년 이야기

친구 톰이 이야기 하나를 해준다. 그는 어릴 때 살던 집에서 쭉 살고 있다. 10년쯤 전까지 어머니와 살았고, 어머니가 돌아가신 뒤로도 그곳에서 혼자 계속 살았다. 어머니가 살아 계실 때나 이후에나 집은 그의 어린 시절 모습과 큰 변화가 없었다. 최근 그는 욕실을 개조하기로 마음먹었고, 그 과정에서 욕조 "테두리"를 제거해야 했다. 건축업자가 테두리를 뜯어내다가 무언가를 발견했다. 욕조의 한 다리 옆에 아주 오래된, 따지 않은 녹슨 참치캔 여섯 개가 차곡차곡 쌓여 있었다.

한동안 이 발견은 수수께끼였다. 톰은 욕조의 가려진 갈고리 모양 다리 옆에 쌓여 있던 이 참치캔들에 대해 생각하고 또 생각했다. 그러다가 마침내 기억해냈다. 60 몇 년쯤 전, 어렸을 때 그와 친구들은 매일 밤 뉴스를 시청하던 어른들로부터 핵전쟁이 금방이라도 일어날 수 있다는 이야기를 한 번 이상 들었다. 소년들은 차츰 이 재앙이 두려워졌다. 톰과 가장 친한 친구는 수완 좋은 소년이었는데, 여러 날에 걸쳐 자기 집 주방 수납장에서 참치캔을 하나씩 몰래 가져다가 톰의 집 욕조 테두리 안에, 핵전쟁에 대비한 비상식량으로 숨겨두었다.

나는 중서부의 아이오와시에 갔을 때 이 이야기를 생각했다. 지금은 번창하는 대형 인테리어 업체의 사옥이 된 역사적인 옛 저택을 둘러보고 있을 때였다. 내가 그 저택을 찾아간 이유는 우리 엄마가 어린 시절에 잘 알던 집이어서였다. 나는 엄마에게 그 집에 관한 이야기를 많이 들어서, 위층과 아래층을 오가며, 예전에는 침실이었으나 지금은 직물 두루마리와 벽지 견본이 놓인 방들을 돌아다녔다. 그 저택은 가난했던 엄마와 달리 부유한 소녀였던 사촌의 집이었다. 엄마는 사촌을 만나러 그 집에 여러 번 갔다. 두 소녀는 친한 친구였다. 내게 있는 사진 속에서 어린 소녀인 엄마는 온통 검은색 옷을 입은, 엄마의 엄마와 함께 이 집을 배경으로 서 있다. 여러 해 뒤, 사촌 가족의 상속인들은 집을 팔았고 집은 고아원으로 개조됐다.

나는 인테리어 업체 사장과 대화를 나누게 됐고, 엄마와 그 사촌 이야기를 했다. 그는 내 이야기를 흥미롭게 들었고, 그도 내게 이야기 하나를 해주었다. 이 집이 고아원으로 쓰이던 시절, 집의 널찍한 계단을 따라 두 층을 연결하던 폭이 넓은 곡선형 참나무 난간에 페인트칠을 새로 했다. 고아 중 아홉열 살쯤 된 소년 하나가 장난기가 발동해, 계단 꼭대기로 올라가서 칠을 막 마친 난간 위에서 깃털 베개를 칼로 쨌다. 깃털들이 허공을 떠다니다 떨어져 페인트에 달라붙었다.

여러 해가 흐르고 소유주가 몇 차례 바뀌면서 난간은 이따금 새로 칠해졌다. 마침내 저택이 인테리어 업체의 손에 들어왔을 때 회사는 전면적인 개조 작업에 착수했다. 난간은 칠을 벗겨내 원목을 드러낼 예정이었고, 이 작업을 위해 지역 일꾼 한 사람을 고용했다. 그는 난간에서 오래된 페인트를 한 겹씩 벗겨내다가 그 속에 말라붙은 그 깃털들의 흔적을 발견할 수 있었다. 그는 그것이 무엇인지 알았다. 그는 예전에 고아로 그 집에서 살았고, 깃털 베개를 칼로 째 깃털을 흩날린 바로 그 소년이었다.

명성의 이유 #5
렉스 돌미스

1949년, 뉴멕시코주 타오스에서 임대한 아파트에서 살 때 우리 부모님은 위층 세입자들이 내는 끊임없는 소음에 시달렸다. 위층에 살던 그 이웃은 바로 타오스의 화가 렉스 돌미스와 그의 가족이었다.

끝내지 못한 일

그녀는 부엌을 치우다가 조리대 위에 있는 검은색 작은 씨앗을 닦아내려 한다.

그러나 검은색 작은 씨앗이 움직이더니 반대 방향으로 급히 걸어간다.

아냐, 난 씨앗이 아냐, 작은 벌레는 이렇게 말하는 것 같다.

아니다. 벌레는 아무 말도 하고 있지 않지만, 그녀의 스펀지 때문에 다른 곳에 볼일이 있다는 것이 생각나서 그냥 출발했을 뿐이다.

리타 헤지스의 분실물(개인 공지)

유치원과
신성한 공간 사이
어디엔가,
아마
눈에 덮여 있을
가짜 거북딱지 테
둥근 안경

페터 빅셀을 읽은 뒤

지난 봄과 여름, 나는 스위스 작가 페터 빅셀이 쓴 이야기들을 읽고 있었다. 빈에서 그 이야기들을 읽기 시작했다. 양장본이지만 작고 가벼운 그 사랑스러운 책은 내가 독일어 실력을 키우고 싶어 해서, 독일 친구가 여행 초반에 독일어 읽을거리로 준 선물이었다. 나는 집에서 아주 인기 있는 독일 작가가 쓴 페이퍼백 스릴러를 들고 갔지만 재미있게 읽지 못하고 있었다. 플롯은 아직 지루했고, 주인공은 호감이 가지 않았고, 어조는 냉소적이었다. 친구는 나한테 더 잘 맞는 책을 골라줄 수 있다고 생각했고, 그녀가 옳았다. 나는 빈에서 잘츠부르크까지 가는 내내 기차에서 빅셀의 이야기를 읽었고, 잘츠부르크에서도 읽었으며, 취리히행 기차에서도 읽었고, 취리히와 베를린, 함부르크, 쾰른에서도, 그리고 도시 사이를 이동하는 기차에서도 내내 읽었다.

사실 독서와 기차 여행은 페터 빅셀이 이야기에서 꾸준히 다루는 소재다. 그는 가끔 이야기를 시작할 때나 이야기를 하는 중에 이렇게 말한다. "하나 마나 한 이야기들이 있다"라거나 "X에 대해서는 말할 게 거의 없다"라고. 그러고 나서 가끔은 "하지만" 하고 토를 단다. "하지만 나는 오랫동안 이 이야기를 하고 싶었다"라거나 "하지만 내 인생의 첫 이야기, 내가 기억하는 첫 이야기이므로 이 이야기는 해야만 한다"라고. 그러고는 다정하고 고요하고 소박한 이야기, 인간적인 친절이나 사랑, 또는 연민과 이해, 솔직함이 어우러져 빛나는 이야기를 들려준다.(혹시 요즘 내가 이 가치들을 찾고 있기 때문에 그의 이야기에서 이들이 두드러져 보이는 것인가?)

나는 그의 이야기를 읽으며 여행했지만, 내가 보고 경험한 온갖 것에 정신이 팔리기도 해서, 읽고 있지 않는 순간에는 그의 이야기들을 자주 생각하지 않았다. 하지만 잘츠부르크에서 겪은 어떤 경험 이후로 빅셀과 그의 이야기를 각별히 생각하게 됐다. 어떤 경험이었는지 이야기하고 싶지만, 사실 거의 일어난 일이 없기 때문에 별로 말할 것이 없다고 먼저 말해두고 싶다. 특이한 인물이 등장하는 장면 하나가 있고, 나중에 일어난 우연의 일치가 있을 뿐이다.

나는 점심을 먹기 위해 평범한, 작은 식당에 들렀다. 그날 아침 시내를 지나 강을 건너 모차르트 생가를 찾아가는 길에 골라두었던 곳이다. 믿을 만한 현지 식당처럼 보였는데, 수수하고, 비싸지 않으며, 특별히 관광객의 관심을 끌지 않고, 현지인이 자주 찾는 곳 같았다. 입구는 큰길에서 물러나 있었고, 이름은 카페 센트럴이었다. 식당 밖 거리에는 비가 내렸고, 출입구 안 우산꽂이에는 젖은 우산이 가득했다. 나무 모양 외투걸이에는 젖은 재킷과 레인코트 들이 걸려 있었다. 공간의 주요 색조는 담갈색과 갈색, 크림색이었다. 출입구로 들어서면 처음에 바가 나왔는데, 바 손님들이 작은 탁자에 앉아 음료를 즐길 수 있도록 식당의 주요 공간과는 칸막이로 분리돼 있었다. 칸막이 맨 위 선반에는 손님들을 위한 신문과 잡지 들이 접힌 채 쌓여 있었다.

 식당은 꽤 붐볐지만 아직 자리가 다 차지는 않았고, 점심시간이 한창일 때니 시끄러웠다. 식당 주인이나 지배인 중 하나인 듯한 활기차고 풍만한 여자가 벽 앞에 작은 탁자들이 한 줄로 늘어선 비좁은 자리로 나를 안내했지만, 그녀가 가고 나자 나는 잠시 망설이다가 일어나서 더 편안한 자리를 찾아 식당 안쪽으로 들어갔다. 안쪽 구석에 더 여유 있고 더 평화로운 자리가 보였는데, 이미 사람들이 앉은 두 탁자 사이에 낀 작은 탁자였다. 왼쪽 자리는 붙박이 의자를 두른 큼직한 코너 테이블이었고, 오른쪽 자리는 내 자리와 똑같은 작은 2인용 테이블이었다.

 큼직한 코너 테이블에 앉은 남자와 여자는 분명 커플 같았지만 오랜 시간 서로 말하지 않았다. 남자는 매우 꼼꼼하고 평화롭게 신문을 읽었고, 여자는 그 옆에 가만히 앉아 평온하고 온화한 표정으로 먼 곳을 응시했다. 지금 생각해보니 남자는 아시아인이었던 듯하지만 확실치는 않다. 여자는 아시아인이 아니었다. 남자의 얼굴을 더 정확히 되살려보려 해도 더 이상은 기억이 나지 않는다. 이야기와 관련은 없지만, 어쨌든 이런 막연한 인상 탓에 나는 두 사람이 서로 다르거나 대비된다고 느꼈는데, 그래도 둘이 함께 있는 모습은 편안하고 다정해 보였다.

그날 점심시간에 내게 가장 흥미로웠던 사람은 오른쪽 테이블에 앉은 여자였지만, 처음에 나는 자리를 잡고 가방들을 옆에 내려놓고 읽을거리를 꺼내고 주위를 둘러보며 식당의 풍경과 소리를 흡수하는 데 정신이 팔려 그녀에게 딱히 관심을 두지 않았다. 내 주변에 익숙해지고, 식당의 이런저런 모습들, 내가 있는 공간(더 넓은 공간)과 칸막이 너머 공간의 손님들을 찬찬히 살펴보고, 그 장소 특유의 모습과 소리를 흡수하고, 유독 특이한 점이나 사람들을 눈여겨본 뒤에야 비로소 내 옆자리 여자에게 점점 관심이 가기 시작했다.

다른 손님과 그녀를 관찰할 시간은 아주 많았다. 젊은 종업원과 나이가 있는 두 지배인 모두 쉬지 않고 테이블 사이를 바 삐 오가며 주문을 받고 음식을 날랐지만, 내가 주문한 음식이 나오기까지 아주 오랜 시간이 걸려 삼사십 분을 기다렸다. 나는 강 이쪽에 있는 잘츠부르크의 구시가와 강 건너까지 돌아 다니고, 멈춰 서서 명판을 읽고 가게 진열장을 들여다보고, 긴 다리를 다시 건너 돌아오느라 고단한 오전을 보냈으므로 기다리는 일이 싫지 않았다.

오른쪽 여자는 50대쯤인 듯했다. 정확히 알기는 힘들었다. 살찌지는 않았지만 체격이 큰 여자였다. 키가 크고 어깨가 넓은 남자 같은 체형에 편안한 평상복을 걸치고 있어서, 핸드백이 그녀에게 어울리지 않게 여성적으로 보였다. 평범한 바지에 튼튼한 구두를 신었고, 뭐라고 메시지가 적힌 티셔츠를 입고 있었는데, 잘 보니 유럽연합을 지지하는 문구였다. 머리는 짧고 곱슬곱슬했고, 다소 어수선하게 어떤 곳은 눌리고 어떤 곳은 들떠 있었다. 특별한 스타일이라곤 없는 안경 때문에 조금 진지하거나 학구적으로 보였다.

처음에, 그리고 이후로도 자꾸 내 관심을 끈 것은 그녀가 식사하는 속도였다. 그녀는 닭고기 요리를 주문했다. 흰밥과 닭다리가 함께 나오는 요리였다. 나중에 나는 그 요리가 가격이

적당한 그날의 특선 메뉴일 거라고 판단했다. 그녀는 모든 동작이 빨랐다. 사람들이 식당에서 보통 식사하는 속도보다, 심지어 저렴한 간이식당 같은 곳에서 식사하는 속도보다도 두 배는 빠를 듯했다. 팔꿈치를 양옆으로 벌린 채 나이프와 포크를 한 손에 하나씩 들고, 쉼 없이, 부지런히, 바쁘게, 능숙하게 움직였다. 빨리 씹고 빨리 삼켰다. 몇몇 동작은 깔끔했는데, 이를테면 닭다리에서 살을 발라내고 뼈를 접시 가장자리에 다른 뼈들과 나란히 쌓아놓을 때였다. 하지만 가끔은 동작이 과도하게 커서 밥알이 접시 너머로 튀기도 했다. 썰기에 좋은 각도로 닭다리를 재빨리 움직이기도 했고, 접시를 살짝 돌리면서 또 다른 닭다리를 썰거나 밥을 뜨기도 했다. 돌리고, 찌르고, 썰고, 입 벌리고, 포크의 음식을 입에 넣고, 씹고, 삼키고, 돌리고, 찌르고, 썰고, 등등.

그녀가 먹는 모습을 몇 분간 관찰하다 보니, 그녀의 오른쪽 앞에 그녀를 향해 놓인 동그란 얼굴의 작은 여행용 자명종이 눈에 들어왔고, 그러자 그녀의 식사가 더 다급하게, 아니 다급함을 넘어 광적으로 성급하게 느껴졌다. 하지만 속도 말고 다른 면에서 그녀는 점심을 얼른 먹고 식당을 나가려는 사람처럼 보이지 않았다. 가끔씩 잠깐 멈춰 신문을 읽었고, 나중에는 공책에 필기도 했다.
　신문은 접힌 상태로 그녀의 앞, 탁자 위에 놓여 있었다. 그녀는 가끔씩 신문을 들여다보거나 집어 들어 다시 접었다. 나도 다른 종류의 신문이긴 했지만, 내 문예 주간지를 접어 내가 읽을 수 있는 곳에 올려두었지만 주변 사람들이 너무 흥미로워 읽지 않았다. 그녀도 가방을 옆에 둘 공간이 있고 나도 그랬던 것으로 보아, 우리는 벽을 따라 설치된 같은 붙박이 의자에 앉아 있었던 듯하다. 그녀의 건너편으로는 작은 탁자들이 칸막이까지 줄지어 있었다.
　내가 그녀의 핸드백을 눈여겨보게 된 이유는 어느 순간 그녀가 핸드백에서 공책을 끄집어낸 다음 펜을 찾아 역시나 빠른 동작으로 핸드백을 뒤져서였다. 그녀는 핸드백을 더 가까이 끌어당겨 손을 깊숙이 집어넣고 뒤지다가, 더 잘 찾기 위해 탁자 위로 들어 올렸다. 펜을 찾지 못하자 고개를 들고 내가 있는 쪽을 비롯해 주위를 둘러보며 펜을 빌려줄 사람이 있는지 물었다. 나는 망설이며 누군가 나서길 기다렸다. 나도 내 공책에 글을 쓰고 있었지만 이미 공책과 펜을 집어넣은 상태였다. 펜이 둘 이상 있긴 했지만 그녀에게 펜을 빌려주고 싶지는 않았다.

신문을 읽고 있었으나 그때쯤에는 팔라친켄 한 접시를 아내와 함께, 여전히 말없이 나눠 먹던 남자가 펜을 빌려주었다. 내 맞은편 자리에 앉은 나이 든 여성을 통해 펜을 건넸다. 일단 펜을 받자 빠른 속도의 내 이웃은 몸을 수그리고 근시인 눈을 공책에 바짝 붙인 채 역시나 빠른 동작으로 필기를 시작했다.

맞은편 나이 든 여성이 내 작은 테이블 쪽으로 온 이유는 그때쯤 다른 자리가 다 차 있어서였다. 그녀는 내 맞은편 자리가 비었는지 물었고, 나는 고개를 끄덕이며 그렇다고 했다. "야(Ja)"라고만 했을 텐데, 그녀의 독일어를 조금 이해할 수는 있어도 정교하거나 자연스러운 문장으로 대답할 수는 없어서였다.

이 나이 든 여성은 식사를 주문했고, 나중에 나온 것을 보니 오른쪽 이웃과 같은 흰밥과 닭다리 요리였다. 내 새로운 식사 짝꿍이 자리에 앉고 얼마 뒤 드디어 내 식사가 나왔고, 짝꿍은 내가 먹는 모습을 아주 진지하고 흥미롭게 잠시 지켜보다가 내 접시 위에 있는 것이 얇게 썬 햄인지 얇게 썬 생선인지 물었다. 나는 생선이라고 말한 다음, 메뉴판에 있던 표현을 기억해내 내 생각에는 꽤 정확하게 요리 이름을 발음했고, 훈제 연어라고 구체적으로 알려주었다. 그녀는 내가 먹는 모습을 계속 지켜보며 잠시 생각하더니, 연어가 어떻게 훈제됐다고 생각하는지, 여전히 웃음기 없는 얼굴로, 마치 예의상 대화를 시작하려는 게 아니라 그냥 정보를 알고 싶어서 묻는 듯 말했다. 나는 그 질문의 의미를 잘 파악하지 못한 데다 그 여행에서 자주 주워들었던, "모르죠!"라는 뜻의 "카이네 아눙!"도 나중에는 떠올랐지만 그 순간에는 떠오르지 않아서, 그냥 미소를 지으며 모른다는 표현으로 어깨를 으쓱하고 말았다.

우리의 대화는 끊어졌다. 그녀의 식사가 나왔고, 이번에는 그녀가 머리를 숙이고 앞에 놓인 밥과 닭고기를 꾸준한 속도로 꼼꼼하고 깔끔하게 해치우기 시작했다.

잠시 나는 그 식당 구석에 앉은 우리 다섯이 별난 집단 같다고 생각했고, 각양각색인 우리의 모습에서 음식 앞에서 저마다 어려움을 겪는, 정신병동의 무해한 환자들을 떠올렸다. 우선 조용하지만 만족한 부부가 있다. 그들은 이제 팔라친켄을 다 먹었고, 아까 하던 일로 돌아가서 남자는 읽던 신문을 읽고 여자는 앞을 응시하고 있다. 그리고 주름진 창백한 얼굴에 숱이 적은 흰머리를 틀어 올리고 진지한 호기심으로 질문을 던지는 내 짝꿍이 있고, 발을 바닥에 단단히 딛고 앉아 양 팔꿈치를 열심히 돌리며 자명종을 앞에 놓고 식사하는 체격 좋고 활기 넘치는 내 이웃이 있다. 그리고 내가 있다. 물론 이런 집단에서라면 내가 가장 덜 부적격하고 가장 온전할 거라고 나는 생각했다. 다른 사람들에 대해 조금 지나칠 만큼 분주하게 메모는 하고 있지만 말이다.

이윽고 빠른 속도의 이웃이 식사를 끝냈고, 나이 든 여성도 식사를 끝냈다. 빠른 속도의 이웃은 속도가 빠른데도 나이 든 여성보다 빨리 먹지 못했다. 둘 다 식사비를 계산했다. 나이 든 여성은 지불할 금액(식사값보다 조금 더 많이)을 웨이트리스에게 말하며 쉽고 자신 있게 계산했고, 빠른 이웃은 약간 어리둥절한 태도로 손바닥 위에 돈을 올리고는 웨이트리스의 도움을 받으며 계산했다. 내 나이 든 짝꿍은 베이지색 레인코트를 슬며시 걸치고 가방을 집어 들고는 내가 빠른 속도의 이웃에게 정신을 파는 동안 조용히 나갔다.

빠른 이웃이 떠날 준비를 하는 과정은, 특히 내 짝꿍과 비교하자면, 꽤 복잡했다. 붙박이 좌석에서 일어나 몸을 움직일 공간이 더 많은 곳으로 나간 다음, 주변을 의식하지 않고 거의 대놓고 바지 지퍼를 올리고 단추를 채웠는데, 분명 식사하는 동안 편하게 먹으려고 끌러놓았던 듯했다. 그러고 나서 자명종과 공책을 핸드백에 집어넣었다. 빌렸던 펜은 이미 돌려주었는데, 내게 건네며 그 아시아인 남자에게 전해달라고 했다. 그

다음에는 신문을 반납하기 위해 탁자들 사이를 지나 저 멀리 선반까지 가던 중 신문이 자기 것임을 기억해내고는 되돌아왔다. 자리에 거의 도착할 무렵 지배인을 멈춰 세우더니 무언가를 말하고 나서 그곳에 서서 기다렸다. 지배인이 일정 관리 수첩을 들고 돌아왔고, 두 사람은 일정표를 함께 보며 의논했다. 다음 날 자리를 예약하는 듯했는데, 그런 간이식당에서 자리를 예약하는 것이 이상해 보이긴 했다. 어쩌면 다른 종류의 약속일 수도 있지만 어떤 약속일지 내 머리로는 상상할 수 없었다. 그 뒤 그녀는 우리 탁자 맞은편에 있는 문 달린 화장실 중 하나에 들어갔다가 다시 나왔다. 마침내 방수 재킷을 걸치고, 가방을 집어 들고, 오른쪽 왼쪽으로 고개를 끄덕이며 이웃들에게 작별 인사를 하고는 탁자 사이를 다시 걸어 나가 문밖으로 사라졌다.

나는 펼쳐진 일정 관리 수첩과 예약에 대해, 더 넓게는 그녀라는 사람에 대해 궁금했다. 어떤 종류의 예약일까? 그녀는 무얼 하는 사람일까? 누구일까? 이 도시에서 살까, 아니면 방문 중일까? 그녀는 그 식당이 매우 익숙한 듯했고 방문객처럼 보이지는 않았으며 방문객 같은 차림도 아니었다. 그곳에서 점심을 즐겨 먹는 현지인 같았다. 하지만 지배인과 웨이트리스는 단골손님을 대하듯 그녀를 대하지는 않는 듯했다. 어쩌면 그녀를 알지만 거리를 두는 편을 선호했는지도 모른다.

조용한 부부는 여전히 조용히 앉아 이제 둘 다 앞을 응시하며 여전히 담담하게 즐겁고 평온했다.

나는 더 많은 거리를 오가며 긴 오후를 보냈다. 오래되거나 형태가 독특해서 관심을 끄는 개인 주택들의 현관을 기웃거리며 계단을 올라가보았고, 카푸친 수도원으로 가는 암벽 계단도 올라갔다 내려왔고, 다시 강을 건너가서 오르막을 올라 돔 플라츠 광장을 거쳐, 나치 분서 사건이 있었던 널찍한 레지덴츠 광장에 갔으며, 그곳에서 하인리히 하이네가 분서에 관해 남긴 좋은 글귀가 들어 있는 명패를 읽었고, 갑자기 쏟아진 소나기를 피해 잘츠부르크 시립 박물관의 아치 통로로 뛰어갔고, 박물관에서 19세기 잘츠부르크 전경을 담은 유명한 그림을 보고 나서는 선물 가게에서 잘츠부르크 광산에서 나온 불그스름한 암염을 구입했으며, 모차르트의 생가로 내려와서 모든 층과 방을 빠짐없이 둘러보며 모차르트가 태어난 방에 잠시 서 있었고, 강을 다시 건너와 모차르트가 유년기 후반에 가족과 함께 살던 더 크고 더 웅장한 저택을 구경했고, 무용 강습이 열렸던 그 집의 널찍한 무도회장을 걸어 다녔다. 이렇게 오후를 보내고 저녁이 다가올 무렵 나는 피곤했다. 박물관들은 문을 닫고 있었고, 식사 시간이 다가오니 어디에서 먹을 것인가라는 중대 결정을 내려야 할 때였다.

전날 저녁에 나는 아는 사람들과 만나 잎이 우거진, 넓고 어두운 아파트 거리가 내다보이는 카페테라스에 앉아 밤늦도록 함께 시간을 보냈다. 지인 몇몇이 괜찮은 식당 몇 군데를 제안하며 하나씩 꽤 자세히 알려주었고, 나는 모두 신중하게 적어두었다. 하지만 이제 피곤한 데다 기분도 전날 밤처럼 신나지 않았고, 시내까지 다시 걸어가 그 식당 중 하나를 찾아내겠다는 야망이나 각오도 생기지 않았다. 나는 시내와는 반대 방향으로 조금 멀리 있는 호텔로 돌아가 쉬면서 머물고 싶었다.

어쩌면 내 지인들이 호텔 식당도 괜찮다고 했었던 것도 같고, 아니면 내가 피곤해서 호텔로 돌아와 저녁 식사 시간이 될 때까지 기다리다가 호텔 식당 밖에 붙은 메뉴를 보고 이 정도면 됐다고 생각했었던 것도 같다. 아무튼 나는 방에서 잠시 쉬다가, 식당으로 내려가도 좋을 시간이 되자마자 내려가서 식당에 들어갔다.

하지만 들어가 보니 안쪽에 있는 주요 식사 공간은 이미 대규모 단체 관광객이 예약해놓고 있었다. 식당의 기다란 바 옆에 서 있으니 직원이 식사는 할 수 있지만 바 공간에서 해야 한다고 말했다. 우리가 이야기를 나누는 그 공간은 널찍했다. 나는 주위를 둘러보았다. 거울 벽과 나무 의자들, 빨강과 하양 체크무늬 테이블보를 덮은 많은 나무 탁자들, 거리를 향한 창문들이 있었다. 내가 상상했던 만큼 조용하거나 편안한 공간처럼 보이진 않았지만, 평범한 저녁 식사를 먹을 수만 있다면 괜찮았다. 어쩌면 재미있을지도 모르겠다고 생각했다. 나는 입구 맞은편 벽을 등지고, 바 공간 전체가 보이는 자리에 앉았다. 점심때 읽던 문예 주간지를 꺼냈고, 적당히 푹신한 붙박이 의자에 앉아 피곤한 다리를 쉬며 처음에는 음료를 주문받으러 오길, 그다음에는 음료가 나오길, 그다음에는 음식이 나오길 기다리는 막간의 평화를 즐길 채비를 끝냈다.

곧 주문한 백포도주 한 잔이 나왔고, 나는 메뉴판에서 찾아낸, 매혹적이고 놀라운 회향 리소토라는 식사를 주문했다. 들고 온 신문을 읽었고, 다른 사람들이 들어와 자리를 잡고 앉는 모습을 구경했고, 입구를 관찰했다. 이제 입구로는 단체 관광객이 들어오고 있었다. 그들은 내 자리 근처, 은식기와 냅킨 보관함 너머에 있는 주요 식사 공간으로 들어가는 문을 향해 줄

지어 걸어왔는데, 거의 한 사람도 빠짐없이 내가 있는 쪽을 똑바로 바라보며 심각하고 탐탁지 않아 하는 표정으로 나를 쳐다봤다. 나는 의아했다. 내 외모에 무슨 문제가 있나? 아니, 알고 보니 나를 보는 게 결코 아니었다. 그들은 내 머리 위 거울 속 자신들을 보고 있었다.

 단체 관광객의 이런저런 요구 때문에 내 리소토는 오래 걸렸고, 그들이 식사를 시작하고 한참 뒤에야 결국 나왔는데, 내가 리소토를 한창 먹으며 아주 맛있다고 생각할 무렵 또 다른 두 사람이 주점으로 들어왔다. 여자 둘이었다. 무척 놀랍게도 한 사람은 점심시간에 빨리 먹던 이웃이었다. 어떻게 이런 일이 일어날 수 있을까? 이런 일이 일어날 확률은 얼마나 될까? 잘츠부르크는 작은 도시가 아니다. 그녀는 오후 내내 어디에서 무엇을 하고 있었을까? 옷도 그대로였다.

 점심시간에 식당을 나갈 때의 옷차림 그대로였다. 짧은 방수 재킷 안에 유럽연합 지지 티셔츠를 입고 있었다. 이번에는 더 젊은 동료와 함께였다. 빨간 스웨터를 입고 검은 머리를 포니테일로 묶은 동료는 처음에는 조금 침울해 보였지만, 나중에 보니 나를 등지고 앉아 식사를 하면서 활기차게 이야기를 하고 있었다. 두 사람은 나와 그리 멀지 않은 곳에 자리를 잡고 앉아 무알코올 음료를 주문했고, 나중에는 샐러드와, 내가 먹는 것과 같은 회향 리소토로 보이는 음식을 주문했다.

빨리 먹는 사람은 이번에도 빨리 먹었고, 점심에 그랬듯 가끔씩 멈춰 커다란 흰 손수건에, 점심때처럼 큰 소리로 코를 풀었다. 그러나 이번에는 식사를 하는 동안 활기와 열정이 넘치는 듯한 태도로 말했고 가끔 웃기도 했다. 물론 말도 빨랐다.

점심때 했던 질문이 다시 떠올랐고 다른 질문도 떠올랐다. 그녀는 이 도시에서 사는가? 아니라면 왜 저렇게 편안한 옷차림인가? 하지만 이 도시에서 산다면 왜 하루에 두 번씩 밖에서 식사할까? 그녀의 친구는 누구인가? 분명 딸은 아니었다. 그녀가 다시 나와 같은 식당에 있다는 사실도 설명할 수 없었다. 물론 내가 좋아하는 종류의 식당을 그녀도 좋아하는 것이겠지만, 그것으로는 우연의 일치를 다 설명할 수 없었다.

두 사람이 식사를 꽤 했을 무렵 통통하고 나이가 더 많은 남자가 그들과 합석했는데, 한 사람씩 키스가 아닌 악수로 인사했다. 그는 식사는 하지 않았고, 세 사람이 이야기하는 동안 커피를 홀짝였다. 음, 그는 누구인가? 친구인가? 변호사인가? 그녀는 동료 두 사람과 쾌활하게 식사를 하고 있어서 점심때만큼 별나 보이진 않았지만, 그래도 점심때 보인 특이한 행동은

변함없었다. 이날 저녁에는 적어도 테이블 앞에 자명종을 올려놓지는 않았다. 그리고 확실하진 않지만 아마 바지 단추를 풀지도 않았을 것이다.

웨이트리스가 손님 몇몇을 아는 듯해서 나는 그녀에게 이 여자가 단골인지, 그녀에 대해 뭘 좀 아는지 물어볼까 잠깐 고민했다. 그러나 그 질문을 어떻게 해야 할지 생각해낼 수 없었다. 나는 빨리 먹는 여자와 그 동료들보다 한참 먼저 식사를 마쳤고, 식당을 나오며 잠시 뒤에 내려와 웨이트리스에게 물어볼 수도 있겠다고 생각했다. 결국 그러지 않았다. 독일어로 묻기에는 지나치게 복잡했고, 너무 이상해 보였을 것이다.

또 다른 우연의 일치가 있었다. 그날 내 점심 식사와 저녁 식사는 전혀 달랐는데도 식사비는 똑같았다. 센트 단위까지.

단순한 이야기이고 어쩌면 의미 없는 이야기일 것이다. 하지만 나는 다음 날 취리히행 기차를 타고 산을 넘는 동안에도 빨리 먹는 여자의 이런저런 특징을 여전히 떠올리고 있었다. 그녀를 떠올린 것은 내가 페터 빅셀의 이야기를 다시 읽고 있어서이기도 했고, 그가 주변 사람을 관찰하고 글을 쓰는 방식과 이야기를 구상하고 구성하는 방식에 흥미를 느껴서이기도 했다. 기차에서 그의 이야기를 읽으며 가끔씩 그녀에 대해 생각했지만 다른 승객들도 관찰했는데, 내 맞은편에 앉은 흰머리 남자도 그중 하나였다. 그도 빅셀의 이야기에 나옴 직한 인물이었다. 그는 워낙 독서에 열중해서 기차에 탈 때조차 책을 펼쳐 들고 있었고, 자리에 털썩 앉자마자, 재킷도 여전히 걸친 채로, 흔들리는 기차에서 한쪽 발을 통로로 내밀어 중심을 잡으며 다시 독서를 시작했다.

명성의 이유 #6
테오도리크

나는 동고트의 테오도리크 왕과 적어도 한 가지 공통점이 있다. 우리 둘 다 프랑스의 도시 아를에 관심이 있었고, 이 도시에 개인 자산을 얼마간 투자했다.

테오도리크는, 6세기에, 해마다 한 해의 일부를 아를에 머무르며 아를의 주교 성체사리우스에게 수녀원 설립을 위해 상당히 많은 현금을 주었고, 도시 북쪽 끄트머리 언덕 높은 곳에 지어진 이 수녀원은 성체사리우스의 누이 성체사리아가 수녀원장이 되어 이끌었다.

내 투자금은 더 소박하다. 아를을 방문한 여행객으로서 호텔 방과 수차례의 식사비뿐 아니라 엽서와 책, 직물 같은 기념품의 값을 치르고 나서 집에 돌아온 뒤 나는 성체사리우스와 테오도리크 왕의 역사를 비롯해 아를의 역사에 대해 읽으면 읽을수록 관심이 커졌고, 결국 '옛 아를의 친구들'을 뜻하는 '레 자미 뒤 비에이 아를(Les Amis du Vieil Arles)'이라는 역사 협회에 회비 42달러를 보내 회원으로 가입했다. 이후 계속 연회비를 냈고, 그 보답으로 세 계절마다 한 번씩 나오는 협회보를 받아보는데, 대체로 아를의 역사를 상세하게 다룬 흥미로운 글들이 실리지만, 아쉽게도 이번 호 전체는 투우만을 다루었다.

기차에서 우연히 들린 대화
두 노년 여성의 의견이 일치하다

"모든 게 나빠져요."
"뭐 하나라도 좋아지는 게 있나요?"

추가 수정 사항

해군(Navy)에 대문자 되살리기

「혼자 생선 먹기」에서 "애쓰다" 삭제

「시끄러운 두 여자」와 「그 불쾌한 남자」 분리

"which"에 콤마가 따라오면, 나무들이 앉아서 쉬고 있는 닭들이라고 읽힐 것임

틀린 콤마 되살리기

주차장 앞에 콤마 첨가

더 간단한 해결책을 고려, 그냥 어린 양을 없애기

"모아서" 뒤에 "보관하다" 더하기

"버린 종잇조각들" 앞에 "가정에서" 더하기

"항공우편"을 "항공우편 편지"로 바꾸기

"항공우편" 앞에 "푸른" 더하기

"브로콜리"와 "상추"를 대표적인 인도네시아 채소로 바꾸기 (인도네시아 채소 찾아보기)

블루베리 덤불에서 어린 소녀를 빼내기

후 기브스 어 크*** 귀중

친애하는 후 기브스 어 크***•,

신속히 도착한 최근 배송에 감사드립니다. 감사히 잘 받았습니다. 저는 재생 펄프 화장지를 사용하면 기분이 좋습니다. 두루마리에서 늘 깔끔하게 뜯기지는 않고 질감이 다소 거칠긴 하지만요. 어쨌든 더 부드럽고 더 깔끔하게 뜯기는 천연 펄프 화장지를 즐기기 위해 캐나다 아한대림의 오래된 나무들을 베어내는 일에 공모하느니 작은 불편을 감수하겠습니다. 또한 세계 곳곳에 화장실을 보급하려는 귀사의 노력도 감사히 여깁니다.

하지만 한 가지 부탁을 드려도 될까요? 저희가 받은 첫 배송은 '이름 없는' 종이 상자로 왔는데 저는 그것이 더 좋았습니다. 최근 배송 상자에는 귀사의 이름이 찍혀 있었습니다. 저는 그것이 조금 거북했습니다. 아마 귀사의 이름을 재미있게 여길 사람도 있겠고, 저도 싫지는, 그러니까 아주 싫지는 않습니

• 후 기브스 어 크***(Who Gives a C***)는 쓰고 버린 종이로 재생 화장지를 만들며 수익의 일부를 저개발국 화장실 보급에 기부한다고 알려진 화장지 회사를 가리키는 듯하다. 'Who Gives a C***(누가 신경 써?)'라는 사명에서 C***는 쓰레기, 개소리, 똥 등을 뜻하므로 중의적이고 풍자적인 이름이다.

다만, 동네 사람들에게 내보이기가 솔직히 부끄러운 데다, 분명 저라면 쓰지 않을 표현입니다. 더 넓게 생각해보면 저는 그 표현에 문제가 있다고 봅니다. 무례할 뿐 아니라, 우리 살아가는 이 시대에 너무나 널리 퍼진, 잔인한 무관심을 표현하니까요.(풍자를 의도했다는 건 알지만요.) 귀사가 사명을 바꾸리라고는 생각하지 않지만, 무기명 상자 배송을 선택할 수 있게 해주시면 어떨까요?

또한 저희는 휴지를 낱개 포장한, 근사한 파스텔 색상과 줄무늬, 물방울무늬 포장지가 마음에 듭니다. 선물이 가득한 상자를 여는 기분이지요. 하지만 귀사의 이름을 포장지 한가운데 찍어놓지 않는다면, 작은 선물을 포장할 때 그 종이를 재활용할 수 있을 겁니다. 물론 저희는 신념상 다림질에 반대하므로 포장지가 조금 구겨져 있긴 할 테지만요. 저희가 일회용 포장지를 사서 쓰는 것보다는 그렇게 하는 쪽이 종이를 재사용하고 재활용한다는 귀사의 이념에 더 잘 부합하지 않겠습니까? 귀사의 이름을 포장지 구석이나 한쪽 측면에 찍는 방법을 고려해주시길 부탁드립니다. 감사합니다.

진심을 담아.

열차간의 재채기들

내 자리에서 통로 맞은편 자리 앞에 앉은 깔끔하고 마른 젊은 남자가 재채기를 한다. 그 뒷자리에 앉았던, 분홍 줄무늬 셔츠를 입은 대머리 남자가 "은총이 있기를!"이라고 크게는 아니지만 매우 또렷하게 말한다. 마른 남자는 흠칫 놀라고 신경 쓰이는 듯한 표정을 짓지만 뒤돌아보지는 않는다. 그 뒤에 내 뒷자리 남자가 두 번, 빠르게 연달아 재채기를 한다. 나는 통로 맞은편 남자가 그에게도 은총을 빌어주길 기다리지만 그는 아무 말도 하지 않는다. 마른 남자가 다시 재채기를 하는데 이번에는 아주 조용하게, 휴지와 목도리로 조심스럽게 입을 막고 재채기를 하고는 천천히 고개를 살짝 돌려 어깨 너머로 뒷자리 남자를 조심스럽게 흘끗 쳐다보지만 뒷자리 남자는 이번에도 말이 없다. 시간이 흘러 그 마른 남자도 오래전에 기차에서 내렸고, 내 뒷자리 남자는 여자로 대체됐다. 이번에는 이 여자가 재채기를 억누르며 높고 날카로운 소리로 짧게 네 번 연달아 한 뒤 다섯 번째 재채기를 한다. 나는 귀를 기울이며 기다린다. 이번에도 통로 맞은편에 앉은 분홍 줄무늬 셔츠 남자는 말이 없다. 몸을 숙이고 앉아 화면을 유심히 들여다보는 것으로 보아 은총을 비는 일에 흥미를 잃었거나, 그런 일은 열차 탑승 1회당 한 번이면 족하다고 생각하는 것 같다.

그의 (몇 가지) 음주 습관

그는 공항 주점에서 마시길 좋아하고, 열차에서 마시길 좋아하고, 사우스역의 주점과 호텔 주점 어디에서든 마시길 좋아한다.

그가 이런 주점과 열차를 좋아하는 이유는, 아무도 그를 알지 못하고 모든 이가 여행 중이거나 여행을 막 떠날 참이어서다.

그는 이런 장소들에서 사람들은 유대감을 형성한다고 말한다. 하지만 개인적인 것은 아니라고.

노년의 관심사

한 노년 여성이 우리에게
우리가 아는 다른 노년 여성의 건강에 대해 다정하게 묻는데,
규칙적으로
배변하는지에
특히 관심이 있다.

꿈속의 사람들

1

"펜션이 무슨 뜻이죠?"

"토머스가 집에 있는 가족들에게 돈을 부치나요?"

지난밤 내가 막 잠이 들었을 때 꾸었던 짧은 꿈속에서 너절한 차림의 통통한 중년 여자가 물었던 질문들이다.

이 여자는 누구인가? 머리는 부스스하고, 얼굴은 찡그리고, 태도는 단호한 이 여자는 왜 **펜션**의 의미와 이 수수께끼 같은 토머스라는 인물의 습관을 알고 싶어 하는가? 그리고 내가 깨어난 지금, 그녀는 그 어리둥절함과 다급함과 함께 어디로 사라졌을까?

2

오후에 졸다가 꾼 꿈 속에서 나는 차창 밖 어딘가에 있는 다른 사람들을 큰 소리로 부르지만 내 고함을 들은 사람은 한 노르웨이 남자뿐이다. 그는 빨간 체크무늬 플란넬 셔츠를 입고 관목 울타리를 다듬거나 잘라내고 있다. 그는 도로로 내 차를 쫓아 나와 인상을 쓰며 내가 그를 놀라게 했다고 화내는 어조가 아니라 나무라는 어조로 말했다. 내가 그를 깜짝 놀라게 했기 때문이다.

내 꿈이 끝난 지금, 그는 어디로 사라졌나? 내 차가 지나가고 내 꿈이 끝난 뒤 그는 길가에서 다시 관목 울타리를 다듬든가 잘라내다가 이따금씩 어깨 너머로 내 차가 사라진 방향을 흘끔거리고 있을까?

3

누군가 내게 여기 누가 사는지 묻는다. 그때 내게 여기 사는 남자가 보인다.

나는 그 전에 그를 알아차리지 못했지만, 그는 우리가 서 있는 곳 가까이에 있다. 이곳 넓은 테라스에, 등받이가 높은 버들가지 의자에 거의 파묻혀 있다. 황갈색 정장과 브로그 구두로 멋을 낸, 키가 큰 남자다. 표정으로 보아 수줍지만, 차분하고 다정한 사람임을 알아볼 수 있다. 그는 의자 깊숙이 앉아 미소를 지으며 우리가 아니라 앞을 바라본다. 그는 예전 꿈에서 나왔던 듯 왠지 모르게 내게 친숙하다. 아니면 그냥 친숙해 보일 뿐인지도.

4

바에서, 카운터의 이쪽 편에서 한 남자가 상대의 몸을 뒤로 젖혔다 잡아 올리며 떠들썩하게 춤을 추고 있다. 몸집이 작지만 근육질의 남자이고, 상대 여자도 작지만 근육질의 몸에, 튼튼한 종아리 위에서 나풀대는 치마를 걸치고 있다.
내가 깬 뒤에도 그들은 여전히 춤을 추고 있을까?

5

다른 날 밤에는 또 다른 남자가 잠깐 등장한다. 키가 크고 건장하고 머리가 벗어지지 시작했는데 문신을 한 우람한 팔이 다 드러나게 소매를 잘라낸 티셔츠를 입고 있다. 두껍고 긴 다리도 드러나게 잘라낸 청바지를 입고 있다. 막대나 쇠 파이프 같은 것을 들고 있지만 그것으로 나를 위협하진 않는다. 하지만 화가 났거나 적개심을 품은 것 같긴 하다. 그는 이제 어디에 있을까?

6

그리고 예전에 A.가 한 번 보았던 사람이 있다. 나는 깨어 있을 때 자주 그러듯 꿈에서도 A.와 함께 있었고, 그가 불쑥 "그녀가 뭘 하고 있는 거지?"라고 물었다. 우리 둘 다 무언가를 보고 있었지만 그에게만 그것이 보였고 나는 흰 공간만 보았다.

우리는 어디에 있었으며, 그녀는 누구였고, 무엇을 하고 있던 걸까? 잠을 깬 뒤 그에게 물어볼 수도 있었을 테지만, 그는 같은 꿈을 꾸지 않았으니 내 질문에 대답하지 못할 것이다.

7

나는 한 영국 남자가 작은 호수를 건너게 돕고 있다. 그는 호수 건너 어느 거리에 가야 한다. 이 영국 남자는 초조해하고, 나이 들었고, 성가실 정도로 내게 매달린다. 나는 잠시 그를 선착장에 세워둔 채 큰 배로 연결된 건널 판자로 걸어간다. 통로에는 미치고 망령 든 늙은이가 가득하다. 나는 그 노인이 이 큰 배를 타고 호수를 건널 수 있는지 알아보려 한다.

그러나 내 꿈은 거기에서 툭 끝나버려서, 그 늙은 영국 남자는 선착장에 혼자 서서, 아마 훨씬 더 불안하고 겁에 질려, 내가 돌아오길 기다리고 있을 것이다.

8

이번에는 그냥 목소리 하나가 내가 막 잠이 들던 순간 내 마음에 있던 어떤 이미지에 끼어든다. 목소리는 말한다. "어떻게 네가…… 네 이름을 걸고서?"

9

그리고 아주 짧은 오후 낮잠을 자는 동안 나타났다 사라진, 자기주장이 강한 이 여자는 누구인가? 그녀는 (내가 아닌) 누군가의 의견에 반대하며 말한다. "아니야, 너는 티 테이블 위에 한 시간도 서 있지 못할 거야!"

여름 오후의 소리들

몇 집 건너에서 승용 잔디깎이의 단조로운 윙윙 소리가 사정없이 울린다. 그래도 그 소리에 우리 집 언덕 너머 드래그 자동차 경주장에서 끊임없는 실망처럼 커졌다 작아지길 반복하는 성난 우르릉 소리가 묻힌다. 그러나 최악의 순간은 잔디깎이와 드래그 경주가 모두 잠잠해질 때다. 그때는 빠르고 규칙적인 총소리가 숲을 뒤흔들며 들려온다. 소총 사격 연습 소리다. 아니면 머리 위에서 까마귀가 짧게 내지르는 목쉰 까악 소리가. 아니면 귓가에서 윙윙대는 모기 소리가. 아니면 이웃 여자의 날카로운 비명과 잔소리가. 아니면 꽃에 앉았다 날아가는 호박벌의 웅웅 소리가 들려온다. 늘 같은 음조인데, 아마 B 플랫쯤일 거다. 아니면 우스운 지지배배 소리로 끝나는 제비의 지저귐이. 아니면 참새의 단조로운 짹짹 소리가. 아니면 개똥지빠귀의 끝없는 재잘거림이. 아니면 가까운 곳에서 책을 읽는 한 사람의 헛기침과 책장 넘기는 소리가.

세 개의 죽음과 하나의 속담

1

발열 도로를 걸어가던 개가 감전당했다.

털이 주뼛 서고 캥캥 짖으며 몇 걸음 달려가더니 쓰려져 죽었다. 나중에 개를 진찰한 수의사는 폐에 피가 가득 차 있다고 말했다.

2

매니토바의 조본 씨는 섭씨 영하 30도 밑으로 떨어진 날, 거리의 눈 더미 속에 임상적 사망 상태로 네 시간 동안 누워 있었다. 발견될 당시 그녀는 심장박동이 없었으나 나중에 다시 살아났다. 알고 보니 그로 인해 손상되지 않을 만큼 뇌가 얼어 있었다.

3

한 이누이트 여성이 심한 우울증에 시달리다가 한 줌의 눈으로 자기 아이를 질식시켜 죽였다.

4

속담: 죽더라도 까마귀 울음소리는 들리는 법이다.

진짜 사실

나는 어렸을 때
런던 첼시 플라워쇼에
엄마의 두 번째 남편의 세 번째 아내와 함께 간 적이 있다.
이건 진짜 사실이다.

결혼식

목회자인 레슬리 던턴 목사가 오후 4시에
결혼식을 주재했다.

신부는 아버지와 함께 입장했다.

신부는 발목까지 오는
공주 스타일 애프터눈 드레스를
하얀 태피터 안감을 댄 하얀 면 레이스로 지어 입었다.
짧은 프랑스 면사포를
진주 박힌 레이스 머리띠에서부터 드리웠고
폭포처럼 늘어진 하얀 나리꽃과
스코틀랜드 전통인
하얀 헤더 꽃 장식을 올린
하얀 기도서를 들고 있었다.
오래된 것으로는
할머니의 선물인
진주 다이아몬드 라발리에르를 걸쳤고
할머니의 손수건을 지녔다.

유진의 제임스 번치 부인이
신부의 기혼자 들러리였다.
짙은 초록색 광택 처리 면직물로 만든,
풍성한 스커트의 드레스를 입었고
같은 색 머리 장식의
가장자리는 흰 꽃으로 둘렀다.
비단향꽃무와 카네이션, 꽃무를
콜로니얼양식으로 배치한
새하얀 부케를 들고 있었다.

번치 씨는 신랑 들러리였다.

신부 어머니는 디오르의 푸른색 실크 파유 드레스에
남색 액세서리를 했다.
신랑 어머니는 몸에 딱 붙는 청록색 파유 드레스에
검정 액세서리를 했다.
둘 다 하얀 소국 코르사주를 달았다.

결혼식 오르간 음악은

스탠리 올슨 부인이 연주했다.

결혼식 피로연의
다과 테이블에는
집안의 가보인
중국산 하얀 모시 테이블보를 깔았다.
테이블 중앙 장식은 초록색 거미국화들과
조개꽃들이다.
웨딩 케이크는 신부의 이모,
시애틀의 A. L. 레더스 부인이 구워 온
갈색 잉글리시 프루트 다단 케이크였다.

케이크는 위드캠프 부인이 잘랐다.
차는 콘래드 부인과 슈펠츠 부인이 따랐다.

낸시 그랜트 양이 방명록을 맡았고
D. J. 그랜트가 펀치를 대접했다.

해변으로 떠나는 신혼여행을 위해

신부는 하늘색 트위드 정장과,
빨간 벨벳 모자와 액세서리를 선택했다.
그리고 가넷 장미꽃 봉오리를 가운데 배치한
흰색 카네이션 코르사주를 달았다.

신부와 신랑은 이제 유진에 자리한
캘 영 가(街)의 집에 있다.

그녀에게 연락하려고

우리가 대화를 나눈 지 오래됐다.
10년이 넘어서, 아마 14년쯤 될 테지.
시간은 계속 흐르고 나는 시간의 흐름을 잊었다.

그녀는 멀리에 있지 않다.

나는 그녀가 이 소식을 듣고 싶어 하리라는 걸 안다.
그리고 이제 다른 소식도 아주 많다.

그녀는 꽤 가까이 있다, 그녀에게서 남겨진 것 말이다.
그녀는 위층에 있다, 그녀에게서 남겨진 것 말이다.
그녀는 한동안 방 한 귀퉁이, 바닥에 있었다.
그 뒤 우리가 그녀의 예쁜 항아리를 선반으로 옮겼다.

당신은 잠시라도 그녀에게 다녀올 길이 있으리라고
막연히 생각할 것이다.

저녁 식사 시간의 두 술꾼

그녀는 저녁을 요리하는 동안 약간 취한 상태여서 음식을 모두 태웠다.

그는 음식을 먹는 동안 약간 취한 상태여서 신경 쓰지 않았다.

못생겼나?

여기 이 가게의 이 램프가 못생겼는지 잘 모르겠다.

어쩌면 못생겼을 수도 있지만 그냥 흔치 않고, 화려하고, 이상한 것일 수도 있다.

그런데 한편으로는 이 가게의 다른 모든 것이 못생겼으니 이 램프도 아마 못생겼을 것이다.

내가 이해하는 것

나는 이해하는 것이 많아서, 어떤 날에는 어쩌면 내가 이해하지 못하는 것이 전혀 없다고, 정확히 말해 명료한 설명만 있다면 무엇이든, 어떤 학문이든, 세계 어느 곳에 관해서든, 어떤 문화와 역사에 관해서든 이해하지 못할 것이 하나도 없다고 믿기도 한다. 그러나 이렇게 말해놓고 보니 그게 사실이 아닐지도 모른다는 것을 깨닫는다. 내가 아무리 애써도 이해하지 못하는 것들이 있다. 이를테면 어떤 수학 개념이나 어떤 제도적 장치나 어떤 질환은 아무리 자주, 아무리 명료하게 설명을 들어도, 내 문화와 관련된 것이든 아니든 이해하지 못한다. 가끔은 내가 애쓰는 잠깐 동안 이해하지만, 다른 것을 생각하자마자, 잠깐 관심을 돌리자마자 더 이상 이해하지 못하게 된다. 설명을 예전만큼 명료하게 다시 들어도 다른 것에 잠깐 관심을 돌리고 나면 더는 이해할 수 없게 된다. 그러니 나는 특정 학문은 혼란스러워하고 몇몇 분야는 힘들어하며 어떤 영역에서는 완전히 길을 잃고 만다는 것이 사실이다.

세월에 따른 그의 변화

그는 한때 바이올린을 연주했지만 손가락이 굵고 둔해지면서 연주할 때마다 좌절했고, 그러다가 재미가 없어졌다. 바이올린을 케이스에 영원히 집어넣은 다음 케이스를 창고로 치우게 했으며, 대신 저녁에 다른 사람들을 불러 그와 가족을 위해 바이올린을 연주하게 했다. 세월이 흐르자 다른 사람들의 연주도 끊임없는 소음으로 그를 지치게 했고, 그는 더 이상 음악가들을 집으로 부르지 않았으며 어떤 음악도 즐기지 않았는데, 단, 어쩌다 가끔 멀리서 들려오는 애국적인 행진곡만 즐기는 듯했다.

그는 한때 탐험을 떠나는 남자들에게 식량과 장비, 안내인을 제공했다. 탐험대는 자신들이 본 것에 관한 보고서를 제출했을 뿐 아니라, 부족의 깃털 머리 장식이며 손으로 만든 작은 도끼 같은 도구를 비롯한 근사한 공예품도 가져왔다. 그는 이들을 넓찍한 팔각형 현관홀에 전시했고, 그를 알현하려는 방문객들은 기다리는 동안 이들을 살펴보며 그 나라의 원주민 부족들에 관해 공부했다. 사실 그가 현관홀의 벽과 진열장에 그들을 전시한 것도 이런 대중 교육을 위해서였다. 그러다가 그는 그 공예품들이 지겨워졌고, 그것들이 알려주는 다른 문화에 대해서도 관심이 없어졌으며, 대중 교육은 더 이상 신경 쓰지 않게 됐다. 현관홀에 전시된 모든 것을 뜯어내 박물관에 팔게 했다. 텅 빈 벽은 그의 눈에 휴식을 선사했고, 그 뒤 금으로 칠해졌다. 그는 다른 풍경 내지 그 풍경에서 살아가는 야생동물이나 원주민 부족들에게 관심이 아예 없어졌으므로, 더 이상 황야로 탐험대를 보내지 않았다. 이제 지리는 그를 혼란스럽게 했다.

그는 프랑스에서 고급 포도주를 수입해 마셨다. 그러다가 술을 끊었고 프랑스 포도주에 높은 관세를 부과했다. 자신이 포도주를 즐길 수 없다면 다른 사람들은 포도주를 즐기기 위해 더 많은 돈을 내야 했다. 한때 그는 프랑스 포도주뿐 아니라 프랑스를 일반적으로 동경했고 프랑스 건축을 공부하며 자기 집에 쓸 아이디어를 찾았지만 이제는 프랑스도, 유럽의 그 어떤 나라도 동경하지 않았다. 그는 다른 어떤 유럽인보다 프랑스인들이 자신보다 훨씬 영리하고 현명할지 모른다고 생각했고, 그래서 그들에게 등을 돌렸다.

그는 키가 180센티미터가 넘어서, 대부분의 남자보다 상당히 컸다. 한때는 몸매가 탄탄해서, 다른 사람들이 그에 대해 "군살이 없다"라고 말했다는 것을 그는 알고 있었다. 그러나 세월이 흐르며 체중이 불고 허리가 굵어졌고, 시선을 아래로 향한 채 구부정하게 걷게 됐다.

그는 한때 영지 경내에서나, 방문한 근처 이웃 영지에서 말을 타곤 했는데, 말을 탄 모습이 근사했다. 그러나 시간이 흘러 나이가 들고 살이 찌면서 말에 오르기가 힘들어졌고, 고삐를 잡는 손도 예전만큼 힘 있거나 노련하지 않았다. 말을 타는 일이 불편해졌고 말이 싫어졌으며 말도 이제 그를 싫어했다. 그는 어떤 동물이든 함께 있는 것을 피하게 됐다. 동물들은 그에게 별로 관심이 없었는데, 그는 이제 관심에 목마른 남자였다. 그러나 동물들은 관심과 돌봄이 필요한 대상이었다.

여러 해 전 그는 옛 거장들의 걸작을 훌륭하게 모사한 복제화들을 주문해 응접실 벽에 걸었다. 그들 중에는 그가 읽고 또 읽는 세 영웅의 초상화도 있었다. 프랜시스 베이컨과 아이작 뉴턴, 존 로크였다. 그러나 얼마 뒤 그는 그림에 묘사된 소재들이 지겨워졌다, 아니 어쨌든 아내에게 말한 바로는 그랬다. 많은 그림이 용감한 남자나 현명한 남자, 박식한 남자, 자애로운 남자를 묘사했다. 위대한 사상가 베이컨과 뉴턴, 로크 말고도 유명한 이야기 속 남자나 신화와 전설 속 남자나 중요한 역사적 사건 속 남자들이 있었는데, 그는 아주 여러 해 동안 그들을 바라보며 그들과 자신을 비교할 수밖에 없었다. 그들을 쳐다볼 때면 한 인간으로서 자신의 가치를 묻게 될 수밖에 없었고, 마음이 불편해졌다. 그는 그림들을 치우고 그 자리에 솜씨는 형편없지만 크기는 아주 큰 자화상들을 걸었다.

이 응접실에서는 그가 여러 해 전 프랑스식 정형 정원을 본떠 집 뒤에 직접 디자인한 정형 정원이 큰 내닫이식 프랑스 창셋을 통해 내다보였고, 이곳에서 그는 아이들과 아내와 함께 게임을 하며 저녁을 보내거나, 하프시코드로 연주되는 새로운 음악을 듣거나, 외국 손님과 프랑스어로 새로운 정치사상을 논하곤 했었다. 그러나 세월이 흐르면서, 너무 자주 반복되는 이 모든 활동에 흥미를 잃었다. 그런 활동이 그를 극도로 피곤하게 한다는 것을 깨달았고, 작은 방에 혼자 틀어박혀 저녁을 보내곤 했다.

아내는 한때 그와 시간을 보내며 대화하길 즐겼지만 그가 빠진 저녁 가족 모임에 차츰 익숙해졌다. 그가 다른 방에 앉아 가끔은 불쾌한 일을 곱씹기도 한다는 것을 아내는 알았다. 그는 몇몇 사람이 자신을 업신여긴다고 생각했다. 아내의 위로는 허락하지 않았다.

한때 그는 새로운 지식을 얻길 좋아했고, 자신의 뇌가 낯설고 도전적인 것에 열중하는 느낌을 즐겼으며, 그래서 책을 줄줄이 사거나 빌려서 보았다. 책만 읽는 게 아니라 학식 있는 남자들의 강연을 듣고, 그들과 광범위한 주제로 대화를 나누고, 가끔은 그의 아내를 포함해 지적이거나 현명한 여자들과도 대화를 나누며 지식을 습득했다. 하지만 그러다가 새로운 지식이 지겨워졌다. 이제 그는 자신이 이미 아는 것이나 안다고 믿는 것을 확인받길 좋아했다. 그러다가 세월이 흐르면서, 그가 알던 지식은 그 자신이 알아차리지 못할 정도로 미세하게 달라졌고, 더 이상 완전히 사실이 아닌, 부분적으로 틀린 지식이 됐다. 이제 그의 지식은 부분적으로 오류가 있는 믿음일 뿐이었다. 그러나 그는 변화를 감지하지 못했으므로 이를 깨닫지 못했다.

한때 그는 프랑스어를 유창하게 했고 프랑스어로 대화하길 즐겼다. 또한 독일어와 라틴어, 그리스어도 읽을 수 있었다. 그러나 글을 점점 덜 읽고 더 이상 외국 손님을 반기지 않으면서 이 언어들을 잊어버리기 시작했다. 그렇게 외국어를 잊고 나니 그렇게 교양 있는 사람이 되는 일은 다수가 아닌 소수의 특권일 뿐이라고 생각하게 됐고 자신은 다수에 속하기를, 다수 중 한 사람으로 여겨지기를 선택했다. 아니, 어쩌면 그는 소수에 속하기를 선택했지만 이제 그것은 다른 종류의 소수였다. 그것은 권력과 부를 지닌 소수였지, 교양까지 있는 소수는 아니었다.

그는 가끔, 삶의 몇몇 시기에 아주 부유해서 돈을 마음껏 쓰며 집을 재건축하고, 정원을 확장하고, 서재에 장서를 늘리고, 아내와 아이들에게 고급 물건들, 특히 옷을 사주었다. 그러나 파산도 자주 했고, 그때는 소유물을 일부 팔아야 했다. 죽을 무렵 그는 다시 빚더미에 앉은 상태였다.

그는 한때 다양한 유럽 음식, 특히 프랑스 음식을 여러 다양한 방식으로 요리해서 복잡한 소스를 곁들여 먹길 좋아했다.

그러나 세월이 흐르면서 익숙한 특정 부위의 고기를 늘 똑같은 방식으로 익혀 식빵과 함께 먹길 좋아하게 됐다. 사실 그는 이제 평범한 음식을 더 좋아했다. 그는 요리를 더 달게, 대개는 같은 요리로 먹었고, 식사할 때 단 음료를 곁들여 마셨다.

그는 나라에서 규모가 크기로 손꼽히는 개인 서재를 가지고 있었지만 무엇이든 읽기가 점점 힘들어졌다. 글자를 혼동했고 시력이 나빠졌다. 시력 교정 안경을 쓸 수도 있었을 테지만 그는 허영심이 많은 남자여서 안경 낀 모습을 가족에게도 보이고 싶지 않았다. 기억력도 나빠져서 책을 읽으려 해도 문장이 머리에 남지 않았다. 한동안 그는 조수를 불러 옆에 앉혀 두고 책 내용을 요약하게 했지만 그것도 그에게는 너무 어려워졌다. 이 젊은 조수들이 하는 말을 이해할 수도, 그들이 말하는 동안 기억할 수도 없어서였다. 그들은 그를 위해 도표와 그림을 그려주었고 그는 그림은 이해할 수 있었지만 그림으로는 여러 복잡한 생각들이 표현될 수 없었다. 그는 이제 복잡한 생각들을 거부하게 됐다.

결국 책장에 꽂힌 책들은 그에게 자신이 잃어버린 것을 고통스럽게 떠오르게 했으므로, 그는 책에 불쾌감을 느껴 그것들을 치워버리게 했다. 그 무렵 그는 6,700권을 소유하고 있었다. 책은 정부에 팔려 방대한 정부 도서관의 기반이 되었다. 그는 더 이상 도서관에 관심이 없었으므로 자기 책들을 보러 한 번도 가지 않았다. 책들이 사라져 텅 빈 책장을 보면 마음이 놓였다. 그는 그 책장에 방대한 장서는커녕 빈약한 장서라도 들어차게 놔두지 않았다. 특히 한때 무척 소장하고 싶었던 『돈키호테』도 구입하지 않았다. 대신에 책장을 비워둘 거라고 선언했고, 책장에 금을 칠하라고 지시했다. 그는 금을 무엇보다 가치 있게 여기게 됐다. 굉장히 높은 가치를 지닌 물질로 여겼다. 책장과 현관홀의 벽뿐 아니라 자화상 액자들도 금으로 칠하게 했다.

그는 한때 방과 정원, 가구를 직접 디자인하길 즐겼고, 훌륭한 장인들을 고용해 그 디자인을 구현했다. 프랑스 건축을 유심히 살펴본 뒤에는 집에 천창 열세 개를 추가하고 둥근 지방을 얹었으며 위층의 두 부분을 중이층으로 연결했는데, 당시로서는 새로운 시도였다. 침실에는 공간을 절약하기 위해 벽감을 만들어 그 안에 침대를 두었다. 식당에는 그가 유럽의 한 여관에서 보았던 것처럼 벽난로 한쪽에 들어가는 소형 승강기를 고안해 아래층 주방에서 따뜻한 음식을 올려 보내게 했다. 서재를 위해서는 회전형 독서대를 고안했다. 큼직한 참고 도서 다섯 권을 한 번에 펼쳐놓을 수 있었다. 책을 더 이상 읽지 않게 되자 그는 회전형 독서대를 창고로 치워버렸다. 도서관에 팔 수도 있었겠지만, 어떤 도서관에든 친절을 베풀 마음이 더 이상 없었다.

그는 한때 정원에서 채소와 과일을 다양하게 키우며 작물과 수확기, 수확량을 일지에 자세히 썼다. 매일 정원과 과수원을 산책했고, 걸음을 멈추고는 정원사와 상의하곤 했다. 그러나 그러다가 흥미를 잃었고, 산책이 지겨워졌다. 정원을 멀리했고 집 창문에서도 내다보지 않았다. 결국 정원을 갈아엎은 뒤 잔디씨를 뿌렸고, 잔디밭을 지나가야 할 때면 구두가 풀에 닿는 것이 두려워 작은 전동차를 타고 건너갔다. 또한 그사이에 운동이 몸에 해롭고 사람에게는 쓸 수 있는 체력에 한계가 있으며 그 체력이 곧 동날 수 있다고 믿게 됐다.

그는 한때 국가의 미래는 국민이 정보를 토대로 현명하게 결정하는 능력에 달려 있다고 말한 적이 있었다. 계속 그렇게 믿긴 했지만, 자신이 국민의 결정을 통제하는 것을 훨씬 중요하게 여기게 됐고, 따라서 국민이 얻는 정보를 통제하기로 결정했다. 그리하여 국민에게 좋은 정보뿐 아니라, 그의 바람이나 필요에 따라 거짓된 정보도 전달했다.

그는 젊은 시절에 국가에 대한 이상이 있었다. 자신의 국가가 무엇이 될 수 있는지, 그 정부와 사회가 얼마나 완벽해질 수 있는지에 대한 전망을 가지고 있었다. 그러나 세월이 흐르면서 그 이상들을 잃어버렸다. 그 이상이 지겨워졌다. 그는 다른 사상을 받아들였고, 그건 그를 무척 조급하게 만드는 사상이었다. 이제 그에게 국가는 그가 착취할 광활하고 풍요로운 자원이 되었다.

그는 사람에게 행복을 주는 것은 "고요와 일", 두 가지라고 말한 적 있었다. 그러나 나중에 고요는 비생산적이라는 이유로 거부하면서, 잠을 못 이룰 정도의 불안정한 활기와 흥분을 선호하게 됐다. 한때 그는 많은 일에 매달렸지만 이제는 몇 가지 일밖에 하지 않았다. 그중 하나는 자신보다 말을 잘하는 사람들의 공개 토론을 보는 것이었다. 그러나 그와 의견이 같은 사람이어야 했는데, 그와 다른 의견을 들으면 참을 수 없을 만큼 흥분하기 때문이었다.

행복에 관한 한 그는 분명 행복하지 않았다. 한때 행복했던 만큼 행복하지 않았다. 그러나 그는 다른 사람뿐 아니라 자신에게도 거짓 정보를 제공했기 때문에, 누가 묻는다면, 물론 자신이 행복한 사람이라고 단언했을 것이다.

지혜로운 노인

 우리 사회에서 노인은 지혜롭기보다 오히려 괴팍하고, 고집 세고, 단정치 못하고, 어리석고, 약하고, 어리둥절하고, 기타 등등이라고 여겨진다. 여기 내 앞에 줄을 선 노인도, 저기 문을 열려고 힘쓰는 노인도 얼마나 성가신지, 비켜요, 발을 끄는 당신의 느린 걸음도, 망설임도, 머뭇거림도 갖고 가요, 라고 우리는 말한다. 신호등이 바뀌기 전에 길을 건너갈 수는 없는 건가요? 다른 사회에서는 다르다. 그는 노인이니 그에게 물어봐, 라고 그들은 말한다.

이색 장식

미국에서 사는 한 중국계 이민자 부부의 집 벽에 액자에 넣은 골프공이 걸려 있다.

왜, 왜?

그 중국인 남자는 보험회사에서 일한다. 골프는 치지 않는다.

물어봐, 물어봐.

대답: 아내야. 아내가 골프공 디자이너래!

아하, 아하.

비상 대비

우리는 펌프가 작동하지 않을 때를 대비해서 욕조에 차가운 물을 한 뼘 깊이 정도 채웠다. 혹시 고양이가 떨어져 빠져 죽을까 봐 무서워 더 많이 채우지는 않았다. 고양이는 떨어지지 않았다. 물에 빠져 죽은 것은 장님거미였다.

아무도 그를 그리워하지 않았다, 라고 우리는 생각했다. 하지만 곤충에 대해서는 알기가 어렵다.

왼손

왼손은 자신이 오른손보다 더 품위 있다고 자부한다. 그렇긴 하다. 사실 더 가늘고, 마디가 덜 옹이 지고, 피부는 더 부드럽다. 하지만, 이라고 오른손이 차분히 말한다. 여러 해 동안 너는 하지 않지만 나는 했던 모든 일을 생각해봐. 그래도, 라고 왼손이 말한다. 나는 내내 네 옆에서 도왔어. 하지만 너는 할 수 없지만 나는 할 수 있는 모든 일을 생각해보라고, 오른손이 말한다. 내가 갈고닦은 모든 능력을 생각해보란 말이야.

왼손은 오른손만큼 힘들게 일하지 않는다. 왼손은 대개 보조자다. 오른손이 당근을 써는 동안 왼손은 당근을 지탱하고 붙든다. 오른손이 글을 쓰는 동안 공책을 지탱하고 붙든다. 오른손이 바닥을 문질러 닦거나 화단에서 흙을 파는 동안 웅크린 몸을 지탱하고 붙든다. 물론 두 손이 함께, 조화롭게 해내는 일도 있다. 이를테면 피아노는 함께 연주한다. 하지만 여기에서도 둘은 동등하지 않다. 왼손은 화음은, 분산화음까지도, 되풀이해서 꽤 잘 치지만 16분음표 악구는 날렵하게 치지 못한다. 오른손에 견줄 만큼 날렵하지 않다. 오른손은 그걸 지적한다.

이제 왼손은 상처받는다. 왼손의 넷째 손가락은 늘 유독 약하고 그다지 독립적으로 움직이지 못한다. 왼손은 자신의 서

튠 연주 때문에 늘 좌절하고 부끄러움을 느껴왔다. 하지만 사실 아주 높은 기준으로 보자면 오른손의 16분음표도 결코 고르거나 빠르지 않다는 것을 왼손은 안다.

오른손은 사과한다. 오른손은 말한다. 그래, 가끔 내가 떨어뜨린 것을 네가 붙잡아주지. 그리고 내가 실수로 틀어둔 물을 네가 잠그기도 해.

왼손은 여전히 마음이 풀리지 않은 채 말한다. 네가 나보다 칼을 더 능숙하게 쓸지는 몰라도, 요전 날 내 엄지 끄트머리를 살짝 베어냈다는 걸 잊지 마. 그리고 내 새끼손가락을 너무 깊이 베서 감각 일부가 영영 사라졌다는 것도 기억하라고. 그건 여러 해 전이잖아, 라고 오른손이 말한다. 그래도, 라고 왼손이 말한다. 네가 주의를 기울이지 않을 때 다치는 건 바로 나야. 너는 별로 신경 쓰지 않는 것 같지만.

두 손 모두 반지를 낀다. 왼손은 자신이 항상 반지를 끼고 그 반지가 금이어서 자랑스럽다. 그러나 오른손은 자신이 특별한 날에 반지를 끼고 그 반지가 유럽에서 산 것이어서 자랑스럽다.

두 손이 동등한 기량으로 하는 일도 있는데, 세면대에서 서로를 씻겨주는 일 같은 것이다. 하지만 물론 오른손이 비누를 잡기 위해 앞으로 나갈 때 왼손은 방해가 되지 않게 뒤로 물러선다. 그리고, 라고 오른손이 말한다. 비누를 헹굴 때 나는 네 반지 밑에 비누가 남아 있지 않게 확인한다고. 그건 그래, 라고 왼손이 말한다. 하지만 네가 반지를 낀 날 저녁 우리가 씻을 때면 그 반지를 벗기고 헹군 다음 네가 그걸 닦는 동안 붙잡고 있다가 목함에 집어넣은 건 나야. 하지만, 이라고 오른손이 말한다. 목함은 내가 열어. 그건 그래, 왼손이 말한다. 왼손은 이제 말다툼이 지겹다. 왼손은 혼자 생각한다. 우리는 함께 일하는 게 아닌가? 서로에게서 배우지 않나? 오른손은 말다툼을 계속 이어갈 수도 있고 말다툼에 쓸 아이디어와 에너지로 가득 차 있지만 왼손이 이제 조용하니 그것으로 끝이다. 어쨌든 지금으로서는.

밤늦도록 깨어

자정 지나 집은 조용하다.
나는 오랫동안 책을 읽는 중이다.

아주 작은 곤충 하나가
내 책의 책장으로 내려온다.
어머, 이것 좀 봐. 이 집에서 나만 깨어 있는 게 아니네!

그런데 너는 밤늦도록 깨어 뭘 하고 있니?

오늘의 음악

　당신을 위한 오늘의 음악은 베토벤의 친숙한 〈엘리제를 위하여〉,
　음정이 맞지 않는
　전자음악 버전으로,
　바쁜 약사가 돌아오길
　기다리는 동안 당신의 전화에서 울린다.

우리가 죽어 떠났을 때

우리가 죽어 떠났을 때,
문을 빠르게 두드리는 소리와
"하우스키핑이요!"
하고 외치는 목소리가 저 멀리에서 들린다면
문을 열어줄 수는 없다 해도
위로가 될 것이다.

감사의 글

이 책에 담긴 이야기들이 처음—가끔은 조금 다른 형식이나 제목으로—실렸던 아래 출판물의 편집자들에게 깊이 감사합니다.

《아메리칸 쇼트 픽션》: 「눈 내리는 시골의 겨울 오후, 시끌벅적한 파티에서 오간 대화」, 「눈 내리는 시골의 겨울 오후, 시끌벅적한 파티에서 오간 대화(짧은 버전)」
《바르자크》: 「이웃의 시선」
《빅 빅 웬즈데이》: 「영국」, 「그 불쾌한 남자」, 「시끄러운 두 여자」, 「그녀에게 연락하려고」
《블랙 클락》: 「우리가 죽어 떠났을 때」
《BOMB》: 「아빠는 내게 할 말이 있다」, 「주름」
《컨정션》: 「어느 겨울 오후에」, 「적들」, 「카루소」, 「잡지 권하는 여자」, 「재미」, 「연구」, 「실은」, 「그녀의 이기심」, 「작아진 기분」
《일렉트릭 리터러처》: 「묵인 아래」
《앙 블록》: 「진짜 사실」, 「배신(피곤한 버전)」, 「비상 대비」
《에피파니》: 「아버지에게 쓰는 편지」, 「결혼 생활의 짜증 나는 순간—추론」, 「오늘의 음악」, 「결혼식」
《폴트라인》: 「친구가 더 좋은 장바구니 수레를 빌려 가다」, 「그람시」, 「헬렌의 아버지와 그의 틀니」, 「흥미로운 사적 채소들」, 「되풀이되는 순무 문제」
《파이낸셜 타임스》: 「겨울 편지」
《파이브 포인츠》: 「포스터에 관해 우체국에 보내는 편지」, 「얼마나 슬픈가?」
《포투나인》: 「건축 장인」, 「리타 헤지스의 분실물(개인 공지)」

《F(r)iction》: 「스타방에르 가는 기차에서」

《제스처》: 「어느 번역가의 오후」, 「우리의 관계망」, 「내가 이해하는 것」, 「식전 대화」, 「늦은 오후」, 「결혼 생활의 짜증 나는 순간-웅얼거림」, 「이색 장식」

《자이갠틱》: 「기차에서 우연히 들린 대화-두 노년 여성의 의견이 일치하다」

《그란타》: 「스펠링 문제」

《게스트》: 「추가 수정 사항」

《걸프 코스트》: 「아직은 링 라드너가 아닌」, 「농담」, 「다른 그녀」

《핼러윈 리뷰》: 「세 개의 죽음과 하나의 속담」

《해피 히포크리트》: 「여기 시골에서는」, 「못생겼냐?」, 「노년의 관심사」

《할리퀸》: 「러그 이야기에 관한 설명」, 「피서지의 일요일 밤」, 「밤늦도록 깨어」

《하퍼스》: 「불쑥 끼어들어 죄송해요」(발췌)

《리트머스》: 「누군가 지의류에 대해 내게 물었다」

《런던 리뷰 오브 북스》: 「후 기브스 어 크*** 귀중」

《맥스위니스 쿼털리 컨선》: 「가벼운 입이 무서워」, 「기회주의적 홀씨」, 「두 시장과 한 단어」, 「팸플릿에서 이방인이 물은 선다형 질문」

《미라클 모노클》: 「일요일 오전 남쪽으로 가는 길에(그들이 생각하기에)」

《뉴 플래시 픽션 리뷰》: 「호텔 라운지의 대화」

《뉴 스테이츠맨》: 「동네의 늙은 남자들」

《뉴요커》(온라인, 2019년 7월 4일): 「누구나 울었다」

《파리 리뷰》: 「페터 빅셀을 읽은 뒤」, 「독일어 실력 키우기」, 「왼손」, 「분노발작」, 「직접 키운 순무로 얻을 수 있었던 것」, 「삼총사」, 「열차에서 일어난 사건」

《펜 아메리카》: 「꿈속의 사람들」

《플라우셰어》: 「불행한 크리스마스트리」, 「캐러멜 드리즐」, 「버라이즌 통신사 상담원과 나눈 전화 상담의 결말」, 「운전대 위의 손들」, 「두 잔째」

《트위드》: 「펄과 필린」

《타이런트》: 「우리의 젊은 이웃과 그의 파란색 작은 차」, 「그의 (몇 가지) 음주 습관」, 「나이 듦에 대한 두려움」

《바서 리뷰》: 「내 서류 가방」, 「강연 예술가」, 「콜로니얼 윌리엄스버그 역사 마을의 범죄행위」, 「프랑스 민주주의, 1884년」
《버지니아 쿼털리 리뷰》: 「단체 공지-불필요한 중복 표현의 사례」, 「이타카의 어느 호텔 방에서」, 「얘기할 게 별로 없음」, 「열차간의 재채기들」

아래 글들은 『플룸 시선집』 3권, 5권, 6권, 7권에 처음 실렸다. 「헤드라이트 속의 헤론」, 「안식일 이야기 #1-전기 차단기」, 「안식일 이야기 #2-민얀」, 「한 여자가 자동차 경주장 주인을 찾아가다」, 「여름 오후의 소리들」, 「오래전 짧은 뉴스」
아래 글들은 『플룸 시선집』 온라인판의 여러 다른 발행호에 처음 실렸다. 「외로운 (통조림 햄)」, 「저녁 식사 시간의 두 술꾼」, 「인사 시」, 「아버지 물에 들어가시다」, 「하지만 그건 집짓기의 첫 단계인걸요」, 「노화」, 「끝내지 못한 일」, 「명성의 이유 #7-앨프리드 J. 에이어」, 「명성의 이유 #8-디트로이트 가는 길에」, 「명성의 이유 #9-디트로이트에서」
「성숙한 여인이 또 다른 성숙한 여인과 점심을 먹으면서 논의한 레인코트 문제의 결론 부분」은 『웃음보: 기분 전환을 위한 짧은 글(Funny Bone: Flashing for Comic Relief)』(Peter Blair·Ashley Chantle 엮음, Flash, 2017)에 처음 실렸다.
「내 삶의 새것들」은 벨기에 잡지 《데우스 엑스 마키나》에 빌럼 흐루네베헌의 네덜란드어 번역으로 실렸다. 「알」도 『데우스 엑스 마키나』에 네덜란드어로 번역돼 실렸다.
「스타방에르 가는 기차에서」는 『베스트 스몰 픽션 2019』에도 실렸다.
「우리의 이방인들」은 내 초기 작품집 『이야기와 그 밖의 이야기들(Story and Other Stories)』에 더 짧은 형태로 실린 적이 있고, 지금과는 다른 형태이긴 하지만 말린 뷜룬드 베스트펠트의 스웨덴어 번역으로 노벨릭스 출판사의 노벨라 박스 세트에 포함된 소책자로도 출판됐다. 이 이야기는 시간의 흐름과 함께 자라났다.
「열차에서 일어난 사건」의 스타일과 이야기 방식은 스티븐 딕슨과 론 칼슨의 짧고 군더더기 없으며 강박적인 이야기들에서 부분적으로 영감을 얻었다.

「불행한 크리스마스트리」의 스타일과 감성은 아주 짧고, 가끔은 대담할 만큼 터무니없는 이야기로 오랫동안 내게 글쓰기의 훌륭한 모델을 보여준 러셀 에드슨의 영향을 받았다.

옮긴이의 말

『우리의 이방인들』은 미국의 작가이자 번역가 리디아 데이비스의 여덟 번째 작품집이다. 전작인 『못해 그리고 안 할 거야』(이주혜 옮김, 에트르) 이후 작품집으로는 10년 만에 출간된 이 책에는 데이비스가 노년에 이르러 쓴 글들이 모여 있다. 작품집 『불안의 변이』(강경이 옮김, 봄날의책) 이후 그의 작품집과 에세이, 장편소설이 연달아 소개되었으니 이제 그는 우리에게 낯설지 않은 작가가 된 듯하다. '자신이 고안한 형식의 대가'라 불리는 데이비스는 이 작품집에서도 그 어떤 범주의 테두리도 유유히 빠져나가는 다채로운 글로 글쓰기와 나이 듦, 사별, 죽음을 비롯한 삶의 여러 장면을 포착하고 있다.

데이비스는 최근 윈덤캠벨문학상 강연에서 작가는 '왜 쓰는가'라는 질문에 자신이 무언가에 대해 쓴다면 그것에 신경이 쓰이기 때문이라고 담담하게 말한다. 어떤 면에서 그의 글들은 무언가에 신경이 쓰이고, 무언가로 인해 동요하고, 마음이 흔들린 순간들의 카탈로그라 할 수 있을 것이다. 그 순간들에 어떤 의미나 서사는 대개 부여되지 않는다. 다른 이야기에서라면 더 큰 서사의 소품이나 배경이 되었을 만한 사물과 사건 들이 데이비스의 이야기에서는 그 자체로 존재감을 가질 때가 많다. 그는 그 순간들을 연결하거나 조립해 어떤 전체로 구성할 마음이 없어 보인다. 그 순간을 툭 잘라내 최소한의 손질만 거친 듯한 형식으로 종이 위에 올려놓고서는 우리를 그 동요의 순간으로 초대한다. 우리는 「꿈속의 사람들」을 만나듯 별안간 어떤 순간으로 빨려 들어가 돌연한 질문을 맞닥뜨렸다가 미처 반응할 새도 없이 그 순간으로부터 방출되곤 한다. 또는 골프공을 액자에 넣은 「이색 장식」을 보고 어리둥절해하는 사람들처럼 어째서, 왜 이 순간이어야 했는지 의아해하기도 한다. 또는 「늦은 오후」의 비스듬한 햇살에 긴 그림자를 드리운 소금 알갱이를 화자와 함께 고요히 바라보기도 한다.

데이비스의 이야기를 읽을 때 우리는 이야기 속으로 빨려 들어가기보다 이야기의 안과 밖을 의식하는 자리에 놓이게 된다. 사실 그가 우리 앞에 툭 내던지는 일상의 한 토막, 대화의 한 조각, '시작도 끝도 줄거리도 없는 이야기'들 속으로 빨려 들어가기란 쉽지 않다. 데이비스는 자신의 에세이 『형식과 영향력』(서제인 옮김, 에트르)에서 읽기의 즐거움 두 종류를 언급하는데 하나는 텍스트가 제공하는 완벽한 환영 속에서 넋을 잃는 즐거움이고, 하나는 '만들어지는 것이나 과정으로서의 텍스트'에 주목하는 즐거움이라고 말한다. 그에게 플로베르의 『마담 보바리』는 "넋을 잃고 몰두하는" 즐거움을, 『부바르와 페퀴셰』는 "형식에 적극적으로 관여하는" 즐거움을 주는 책이었다고 말하며 이렇게 덧붙인다. "플로베르 자신은 『마담 보바리』에서보다 『부바르와 페퀴셰』에서 존재감이 더 강했다." 우리가 데이비스의 이야기에서 느끼는 즐거움은 후자에 더 가까울 것이다. 데이비스의 이야기를 읽을 때 우리는 여백으로 남은 이야기의 앞과 뒤를 짐작하고, 이야기의 안과 밖을 관찰하는 자리에 놓이게 된다. 이야기 속 순간을 들여다보는 이야기 밖 시선을, 그 순간을 글로 옮긴 손을, 곧 글쓴이의 존재를 의식하게 된다(데이비스의 다채로운 이야기들에 어떤 연속성과 일관성을 부여하는 것이 있다면 바로 글을 쓰는 사람 데이비스의 존재감일지 모른다). 그리고 그것을 의식하는 우리 자신을 의식하게 된다. 이때 우리가 느끼는 즐거움은 이야기 속에서 넋을 읽는 즐거움이라기보다는 이야기가 이야기로 형성되는 과정을 함께하는 즐거움일 것이다. 사실 데이비스의 이야기는 종종 글을 쓰는 화자의 글쓰기 과정을 소재로 삼기도 하는데(대표적으로 『불안의 변이』에 실린 「이야기의 중심」) 이번 작품집의 몇몇 이야기에서는 아예 작가 자신의 작품을 '해설'하거나 '설명'하거나 '수정'하거나 '짧은 버전'으로 개작하며 이야기가 생성되는 순간으로 독자를 직접 불러들이기도 한다.

그런데 데이비스를 신경 쓰이게 하고, 동요하게 하는 것들은 어떤 것일까. 우리로서는 헤아릴 수 없는 슬픔이나 기벽, 악의, 선의를 품은 「우리의 이방인들」과의 마주침일 수도 있고, 그 모든 꼼꼼하고 세심한 「비상 대비」에도 미처 예상하지도 대비하지도 못했던 장님거미의 죽음일 수도 있고, 자신이 충분히 의식하지 못하던 지의류라는 존재일 수도 있다(「누군가 내게 지의류에 대해 물었다」). 그의 마음에 동요와 파문을 일으키는 것들은 꽤 많은 편이라 이렇게 목록을 만들다 보면 한없이 길어질지 모른다. 언어의 종잡을 수 없는 규칙, 자각하지 못했던 자신의 편견과 무지, 친밀한 타자와의 관계에서 겪는 사소한 오해와 갈등, 우연히 공공장소에 함께 놓이게 된 타인의 이해할 수 없는 습관, 하루하루 늙어가는 새로운 자신의 모습, 죽음, 등등. 이 책의 제목인 '우리의 이방인들'은 이 모두를 넌지시 통칭하는 듯 보인다. 그의 글은 우리 삶이라는 직물에 함께 엮인 '우리의 이방인들'과의 마주침에서 생기는 미세한 덜컹임에 대한 탐구일 것이다. 그래서 우리가 살아가는 평범한 일상의 거의 모든 순간이 그의 탐구 대상이 된다. 특별할 것 없는 순간들이 그의 이야기라는 액자 속에 '희귀한 하얀 나비'처럼 채집되어 우리 앞에 다시 배달된다(「관점의 문제」).

그의 이야기 속 인물들은 이러한 '우리의 이방인들'과의 마주침에서 떠오른 어떤 의문을 해결하는 과업에 골몰할 때가 많다(애인의 예정된 이별 통보에 끼어든 뜻밖의 문장을 해석하는 일이든, 실패한 사랑의 비용을 계산하는 일이든). 그의 청장년기에 쓴 글들을 모은 『불안의 변이』속 인물들이 그 과업을 외롭게 밀고 나가는 모습일 때가 많다면 노년의 글들을 모은 이번 작품집 속 인물들은 덜 외로워 보인다. 그건 아마 작가의 삶의 변화와 연관 있지 않을까 짐작해본다. 그들을 사로잡은 두려움의 종류마저 다른 듯하다. 전작의 인물들이 종종 실존적 두려움, 닥쳐올 문명의 종말에 대한 두려움에 압도된 모습이었다면 이번 작품집의 인물들은 '가벼운 입'과 '노화'에 대한 두려움을 유머러스하게 표현한다. 자조 섞인 유머는 그의 글에 자주 등장하는 요소였지만 냉소와 미소 사이 어디쯤을 오가던 유머의 눈금이 이번에는 빙긋한 미소 쪽으로 더 많이 기운 듯하다. 게다가 조금씩 다르게 변주되는 연작들('명성의 이유'와 '결혼 생활의 짜증나는 순간')이 반복 악절 같은 리듬으로 우리를 이야기에서 이야기로 실어 나르며 우리의 터무니없는 착각과 친밀한 타자와의 사이에서 겪는 사소한 시련들이 우리가 책을 덮은 뒤에도, 「우리가 죽어 떠났을 때」 이후로도 끝없이 이어지리라는, 그렇게 삶이 계속되리라는 묘한 안도감을 주는 듯하다. 그건 어쩌면 최악을 예감해본 사람이 해줄 수 있는 최선의 위로인지 모른다.

혹시 나처럼 흥미로워할 누군가를 위해 사족을 달자면 이 책은 출간 당시 맨부커상 수상 작가의 신작을 아마존에서는 구할 수 없다는 사실 때문에 관심을 모으기도 했다. 데이비스가 아마존이 아닌 동네 서점과 온라인 독립 서점에 책을 우선 공급하기로 결정해서였다. 그로서는 갑작스러운 결정은 아니었고 거대 유통 기업 아마존의 노동 학대와 환경 파괴, 독점 관행에 대한 항의로 오랫동안 불매를 실천해온 끝에 내린 결심이었다. 그처럼 명성 있는 작가에게도 아마존의 독점 유통망을 우회해 독자를 만나기란 쉬운 일이 아니었던 듯하다. 기존에 그의 책들을 출간해온 출판사를 통해서는 (아마 출판사와 아마존과의 어떤 계약 때문에?) 가능하지 않은 일이었다. 결국 그와 뜻을 함께한 사람들의 도움으로 독립 출판사에서 책이 출간됐고 그의 바람대로 그가 '공동체의 심장'이라 부르는 동네 서점과 온라인 독립 서점을 통해 판매될 수 있었다.

사족을 하나 더 달자면 시골에 사는 데이비스는 요즘 빛 공해가 주변 생태계에 미칠 영향을 염려해, 해가 진 뒤에는 사용하는 방을 제외한 집 안의 모든 불을 꺼두고 이동할 때에는 손전등을 사용한다고 한다. 이 이야기를 읽었을 때 나는 캠핑용 손전등을 들고 어둠 속을 돌아다니는 작가의 모습이 떠올라 혼자 실없이 웃었고, 그러다가 문득 숙연해졌고, 이내 마음 한구석이 환해졌다. 그것은 데이비스의 이야기들을 읽고 옮기는 동안 내게 여러 번 일어났던 반응들이다.

우리의 이방인들

초판 1쇄 발행 2025년 3월 25일

지은이 리디아 데이비스
옮긴이 강경이

발행인 박지홍
편집장 강소영
편집 이승학 김현림
디자인 공미경

발행처 봄날의책
등록 제311-2012-000076호 (2012년 12월 26일)
주소 서울 종로구 창덕궁4길 4-1 401호
전화 070-4090-2193
메일 springdaysbook@gmail.com
인스타그램 instagram.com/springdaysbook

인쇄·제책 한영문화사

ISBN 979-11-92884-42-4 03840